中国人民解放军总后勤部

教育是生活的艺术，是生命的体悟，而诗通向心灵，直达人性深处。佳玺的《教育意象》着力追寻人生的诗意，让人惊喜和感动！

周大新
丁酉仲夏于北京

周大新　著名作家，解放军总后勤部政治部创作室主任，少将军衔，第七届茅盾文学奖得主

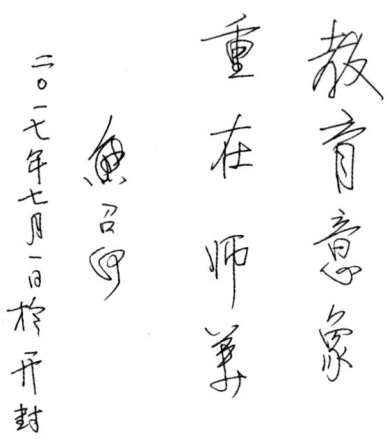

熊召政　湖北省文联主席,湖北省作协副主席。著名作家,诗人。2005年凭借长篇历史小说《张居正》全票获得第六届茅盾文学奖第一名

园丁之歌：精诚所至

王立群
2017.6 北京

王立群　　河南大学文学院教授，博士生导师，著名文化学者、央视《百家讲坛》主讲人

一个教师的诗人情怀，
一个诗人的教育情怀。

靳玉乐

2017年6月18日

靳玉乐　　西南大学党委常委、副校长、二级教授，
全国课程专业委员会副理事长

教育意象

程传玺 著

河南大学出版社
·郑州·

图书在版编目（CIP）数据

教育意象 / 程传玺著 .—郑州：河南大学出版社，2017.7（2017.11重印）

ISBN 978-7-5649-2972-5

Ⅰ.①教…　Ⅱ.①程…　Ⅲ.①诗集—中国—当代　Ⅳ.①I227

中国版本图书馆 CIP 数据核字 (2017) 第 170879 号

责任编辑	程新晓
责任校对	时　海　郑　鑫
装帧设计	翟淼淼　郭　灿
出　　版	河南大学出版社
地　　址	郑州市郑东新区商务外环中华大厦 2401 号
邮　　编	450046
电　　话	0371-86059701（营销部）
网　　址	www.hupress.com
发　　行	全国新华书店
排　　版	河南大学出版社
印　　刷	郑州市毛庄印刷厂
版　　次	2017 年 7 月第 1 版
印　　次	2017 年 11 月第 2 次印刷
开　　本	787mm×1092mm　1/16
印　　张	22.25
插　　页	8
字　　数	170 千字
定　　价	68.00 元

（本书如有印装质量问题，请与河南大学出版社营销部联系调换）

(王雷　绘)

作者简介

程传玺，1962生于河南省邓州市，本科学历，长期从事基础教育教学实践与研究，河南省教师教育专家，河南省教育学会会员，河南省教师教育协会、职业教育学会理事，河南省作家协会青年诗歌协会会员。编著有《中原教育新风》《教师风采录》《传玺感悟：教育·人生·亲情》等书。在全国报刊发表有新闻、诗歌、散文、报告文学和专业论文等。现供职于河南省邓州市教育体育局。

1987年,与学生们在一起

2012年12月,参加澳大利亚悉尼大学基础教育管理培训

2012年12月,与澳大利亚墨尔本幼儿园小朋友在一起

2012年12月,与澳大利亚布里斯班同行讨论西方教育

2013年5月,在美国加州考察职业教育

2013年5月,在美国好莱坞考察学习

2014年秋，与孙悟空扮演者六小龄童合影

2016年12月，与澳大利亚悉尼大学洛斯汀教授合影

2016年5月,福州市名校考察学习

2016年春,古田悼英烈

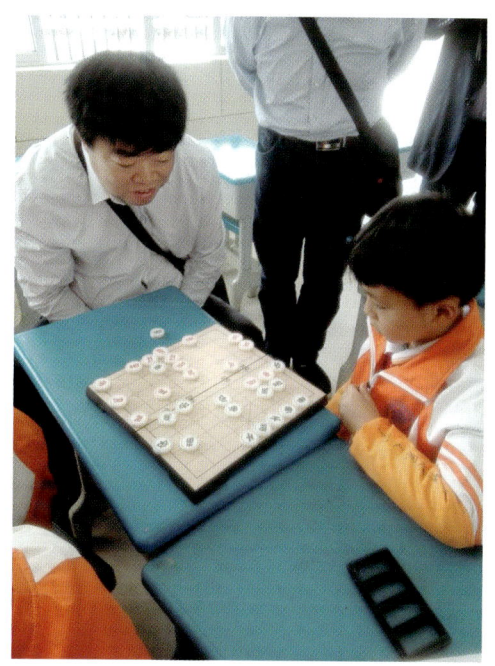

2016年春,在教室与小学生对弈

2016年暑期,与同仁参加干部培训

与诗人苏东坡先生塑像留影

2016年夏，与名校长、名班主任、名师参加国家培训

重印说明

程传玺先生的《教育意象》8月在我社出版后，受到广大读者青睐。网络、媒体上读者好评如潮，一时间竟洛阳纸贵，销售告罄。河南省作协副主席、中国散文学会理事、南阳市文联主席廖华歌看完该书，激动的写下《时光的色彩》，在《南阳晚报》全文刊发。廖华歌在文中称，这些激情洋溢、绚丽多彩的诗是那样具有吸附力和深度审美，它们以其特有的气味、色彩、呼吸、风骨、韵致、层境，令人如获至宝，爱不释手，既想一口气读完，又不忍太过奢侈，唯愿慢慢享用，尽可能延展那种细品深味的欢欣和快乐！

南阳师范学院中文系教授、著名青年评论家万年春，邓州市教体局史海龙，构林镇花栗小学惠学渊，在阅读完诗集后，也激动地写下了自己的感想，他们的文字也是广大读者的心声。应广大读者要求，今重印该书，并将以上四位的评论文章一并刊出，以飨读者。

河南大学出版社
2017 年 11 月

目 录

自 序 　　　　　　　　　　　　　　　　1
在平常的生活中发掘诗意　　　　　　　5
邓州文脉千年传——序程传玺《教育意象》　　9

第一辑　诗意教坛

教育意象　　　　　　　　　　　　　003
教育比喻　　　　　　　　　　　　　007
教育的恐惧　　　　　　　　　　　　008
教师梦　　　　　　　　　　　　　　010
教师写意　　　　　　　　　　　　　012
教师素描　　　　　　　　　　　　　013
师美　　　　　　　　　　　　　　　016
师说　　　　　　　　　　　　　　　017
师魂　　　　　　　　　　　　　　　018
教师的诗意栖息　　　　　　　　　　019
教师的高贵　　　　　　　　　　　　023
教师是贵族　　　　　　　　　　　　025
教师是变形金刚　　　　　　　　　　027
可歌可泣的教师一族　　　　　　　　029
美丽的灰烬　　　　　　　　　　　　033
校园意象　　　　　　　　　　　　　034

美丽的校园	035
我踏进课堂	037
一堂好课	038
关于书	040
悦读	044
放飞	046
学生，我的孩子	048
孩子都是哲学家	049
美丽的错误	052
来吧，朋友	054
孩子的幸福	057
溺爱即是伤害	062
儿童诗（组诗）	064
村校之忧	068
关于教育的遐想	070
教育随想	078

第二辑　诗意万象

自由	083
向日葵	084
蝶想	086
公园里，那棵香樟	087
幻梦	090
晚霞	091

眼睛	093
致牡丹	095
致玫瑰	097
花草对	100
豫云山赏茶	103
萤	106
坚守	108
国球颂	111
国足之殇	113
"飞花令"悟	116
恩	118
读玉	122
东城根小学印象	125
石室中学印象	127
泉州聚龙学校印象	129
洛杉矶ZHR幼儿园印象	131
奥巴马小学印象	133
旧金山华欣学校印象	134
布里斯班印象	136
好莱坞印象	137
珍珠港随想	140
悉尼歌剧院随想	141
墨尔本随想	144
澳洲莫纳什大学印象	146

澳洲心之旅（一）	147
澳洲心之旅（二）	153

第三辑　诗意生活

忆儿少时（组诗）	157
给你（一）	162
给你（二）	164
给你（三）	165
青春	166
朋友	169
爱	171
清明节祭祖母	179
给父亲	181
岳父印象	183
致儿子	187
深刻	190
沉默	191
幽默	194
闲适	197
禅思	200
象棋人生	203
慢之美	207
羞之美	210
悯之美	212

痛之美	214
退之美	217
失望是残缺的希望	221
李镇西印象	223
陈铎印象	225
成尚荣印象	228
肖川印象	230
念启功	233
遭遇"孙悟空"	237
彭丽媛的《父老乡亲》	239
李谷一的《牧羊曲》	241
李娜的《青藏高原》	242
听阿炳二胡曲《二泉映月》	243
央视《中华诗词大会》有感	246
舞蹈《千手观音》观后	248
姚绍唐印象	251
葬花	253
邓州，俺的母亲	255
花洲书院印象	260
致慢慢老去的自己	262
给未来的孙子	266
附1 读程赞的两首诗有感	270
附2 诗的教育 教育的诗	279

附3	教育与诗歌"嫁接"的异卉	286
附4	借得大江千斛水,研为翰墨颂师恩	292
附5	时光的色彩	299
附6	寻找诗意的栖息地	
	——程传玺诗集《教育意象》评析	305
附7	不一样的风景——再读诗集《教育意象》	318
附8	守望教育的哲人——读《教育意象》有感	323

自序

我生长在一个曲艺之乡,爷爷、奶奶、父亲、叔叔、姑姑都是弹唱好手。每逢年里节到、邻里重要事件,一家人聚在一起,唢呐、古琴、大弦、二胡一阵过门,《杨门女将》《诸葛亮吊孝》等传统段子便端上台面。记得六七岁时,姑姑抱我站在"忠字楼"台上,我一口气能唱出"样板戏"好多段子。到上初中,我可用京剧、豫剧、曲剧、越调唱全套的样板戏。

从小开始,我对戏曲十分敏感,记词特别快,上学路上、割草放羊,我都按着曲牌自编顺口词,哼唱不已。后来,我进了宣传队,考上了文工团,当上《园丁之歌》的主演,唱响了童年。

初中时,数理化成绩一团糟,仅凭一篇作文《家乡巨变》——想来都是戏曲之辞——居然得了满分,考上了市里最好的高中。后来想想,被自己搞笑了。

就凭这点文学基础,使我又考上了师范学校,成为一名光荣的人民教师。

为了当好语文教师,上师范时我大量阅读、抄辞典、背诗词,几年下来,唐诗宋词元曲等多数名篇我已基本熟稔。

工作后,虽然有了工资,我仍是省吃俭用,把省下的钱拿来订阅《诗刊》《星星》《诗潮》等,一订就是几十年,每一期刊物下来,我都如饥似渴,百看不厌。边工作边创作,三十多年如一日,有感即发,林林总总竟有万首诗歌习作的积累,其中30多首见诸报端。

对诗文的爱好也促进了工作,我竟有了许多文人的情怀。用在教学上,学生们大多喜欢我的课。学生宣金莱、张占书、钱静丽、涂强、刘建川、程新晓已成为作家和文化名人,其诗文功力远超过我。

庆幸之余,突出奇想:何不趁老之将至,圆一下自己的诗人梦?我开始翻开尘封的笔记,过滤自己几十年的诗文,我有些失望。少年轻狂,青春浮躁,中年以后全是对教育的思考。百余本写作笔记,多数习作幼稚浅陋,十分可笑,不忍卒读。倒是有些抒情诗有点味道,如今年岁已长,羞涩不减,决不敢拿出。

罢罢罢！我几乎泯灭了热情，重新回归到我挚爱一生的教育里。

岁月是个很好的伴侣。诗梦已逝，我居然在数十本笔记里找到了惊喜。三十年来，我对教育的思考在演讲稿、课件、笔记中居然露出些许诗意，欣喜之余，夜长梦短，我看到了希望。

找到了，我找到了两个梦想的交叉点。把我的文学梦和教育梦结合起来，用诗的形式和语言表达我对教育的理解，说不定会给后人留下点念想。对自己也是一点慰藉。

工作关系，我游走祖国很多地方，每到一个地方学习都有诗意栖息，在美国、澳大利亚、港澳的游学也留下与往不同的感悟。我发现诗已成了我的魂，即便谈教育也带有诗的情愫，这真让我兴奋不已。

领导、朋友、亲人、学生们好像也看透了我的心思，鼓励、撺掇我。特别是在河南大学工作的我的学生，以学生的名义，当众宣布老师的"功德"，给我以很大的鼓舞。

经过两年多的努力，我在自己的王国里打捞，今呈现大家面前的是我三十六年的教育诗意。有的发表过，多数是首次面世。有青涩的清浅，有青年时的年少痴狂，有沉郁沧桑的偏执，有期待寄托的理想。

　　我不敢亵渎诗的名义，诗是我的神，我只是用一点诗的形式，为我枯燥的思想加一点佐料。我为我的书起一个好听的名字《教育意象》，目的只想和我的另一本书《传玺感悟教育·人生·亲情》的风格有一些区别。

　　这本书，不为他，只为我的生命点一盏灯，这微弱的光，能照亮我的内心。若有朋友喜欢它，能给大家带来一点益处，传玺将大喜过望。

**　　特别鸣谢周大新将军、熊召政主席、王立群教授、靳玉乐教授、张鲜明主席、刘涛博士、画家穆克平先生、画家王雷先生对传玺的鼓励和支持。感谢宋小涛、翟文杰、史海龙、宣金莱、程子等诗友的耐心帮助。我会继续努力的，谢谢！**

程传玺

2017 年 5 月 1 日

于河南省南阳市

序1：

在平常的生活中发掘诗意

张鲜明

在一个场合，一个记者问我："什么样的人，才配称为诗人？"我说："宽泛的意义上讲，凡是心中有诗意的人，都是诗人。"现在，读了老同学传玺的诗集《教育意象》之后，我想说：能在平常的生活中发掘诗意的人，才是真正的诗人。

我和传玺是高中同班同学，他个子高，为人厚道，知识渊博，风趣幽默。师范学校毕业后，他先做教师，后来又当上了教育局领导，在邓州教育界名声很大，口碑极好。

我刚毕业的时候，到过他家。房子不大，但屋里收拾得干净整洁，他好开玩笑，把老婆逗得乐呵呵的。我们一见面，他总谈工作、谈人生、谈读书、谈理想。他是一个很阳光的人，有赤子之心，对生活充满激情。但是，那时他从来没有跟我谈过诗歌，我在河南日报当副刊编辑、后来当文体部主任管着文艺副刊的时候，他也一直没有给我寄过诗稿。

这一次,他突然拿出了厚厚一本诗集,而且是从万余首诗中选出来的,着实吓了我一跳!我问他怎么一下子写出来这么多,他说,许多东西是在日常工作和生活中心有所悟,随手记下来的,也没有把她们当作诗,就算是生活札记吧。

他是把生活当作诗来记录的,这是一个多么富于浪漫诗意、热爱生活的人!

在一般人看来,"孩子王"的生活是刻板的。教室,住室,食堂,三点一线,日复一日,年复一年,枯燥无味。我一直觉得在以应试教育为主导的时代,教师与学生被绑缚在课本上,老师讲讲讲,学生背背背,做不完的作业,演不完的题目,中国的教育相当无趣。我还知道,现在有的地方,教师与学生和家长的关系因升学的压力而变得紧张而尖锐。

在这样的生活环境中,怎么会有诗意呢?但读了传玺的诗,我的思想变了,在他的笔下,教书育人是多么快乐、多么开心、多么高贵、多么神圣的事情!

传玺的心中有爱——他爱这个行当,爱他的学生,爱他的教师,爱他的教育,甚至爱整个世界;而爱,是宗教,是灵魂的救赎之道。在他眼里与爱有关的一切,都是美的,都充满了诗意。

读传玺的这些"教育诗",使我想起了我的家乡、我读书的学校、我的老师们,想起家乡那片土地的根性和诗意,想起那片土地上的父老乡亲,和他们开明的思想、爽朗的性格、好学的精神、尊师重教的传统……传玺的这些诗,让我的记忆美好起来,一个个故事、场景、人物、细节,纷至沓来,一切是那么的明亮,那么的温暖!

这一切是被诗歌唤醒的,是传玺的诗歌带给我的。

在课堂上,在校园里,一个心中有诗的人,他走到哪里,诗歌就跟到哪里。上课,出操,培训,交流,出国,出差,任何场合,传玺走到哪里写到哪里、记到哪里,一草,一木,一物,一景,一场演出,听一支曲子,见一个熟人,参加一次活动,他都能有诗意的收获。他幸福地生活在诗中,是一个"诗意地栖居"的人。

传玺的这些诗中,充满了哲理,蕴含着人生感悟,有些诗句堪称经典,给人启迪,让人深思。这些诗中,流淌着阳光,荡漾着暖意。读了这些诗,你会对生活憧憬期待、对社会充满信心,会觉得这个世界是那么美好、人生是那么美好,我们要在这个世界上诗意的生活着。

传玺一生从事教育，他对教育的爱在他的诗歌里体现的一览无余。他把一生的心血倾注在家乡的教育事业上。他用诗人的心传道、授业、解惑；他用诗人的豪迈情怀，从事着他的教育行政工作；他用诗人的情结书写着邓州诗意的教育。

　　就凭这，我们得永远地感谢他！

　　作为一个诗歌写作者，我从传玺创作的方式中，有一个很大的反思：不要把写诗当成一个了不起的事情，不故弄玄虚，不端着架子，不为赋新诗强说愁，不把自己整得神经兮兮；你只要在生活中诗意的活着、真诚地品味，感知着这个世界的美好，然后，把这些写下来。这就是诗，而且还是好诗。

　　这是传玺的诗歌留给我的最大启发。

张鲜明
2017年5月20日

　　张鲜明　河南省作家协会副主席、河南省诗歌学会会长、河南省散文学会副会长序2：

邓州文脉千年传
——序程传玺《教育意象》

刘涛

我的老家邓州是个文风很盛的地方，出过姚雪垠、周大新等著名作家。所以，当程传玺先生把他的一本沉甸甸的诗集《教育意象》捧给我看的时候，我并没感到意外。"一个诗人！"我心里这样想。但当好友程新晓给我介绍"这是咱们老家的教育局的领导"时，我稍感惊讶。因为在我印象中，官员一般皆忙于工作和应酬，似与恬淡闲散、超然出尘的诗人扯不上什么关联。但是，读过诗集，我发现自己之前的看法完全是个偏见。程传玺先生是个官员，这不假，但他本质上更是个诗人。他有诗人的诗心与纯真，更有诗人的热情与痴迷；他是把诗人的热情与痴迷，投入到他挚爱的教育事业，以一颗诗心来编织他的教育梦，来倾诉他对教育的爱、对孩子的爱、对老师的爱，最终结晶升华为璀璨夺目的"教育诗"。

"教育诗"这个名字很容易让人联想到苏联教育

家、作家马卡连柯的名著《教育诗》,这是一部优美的教育工作记录,由回忆录、特写、随笔、政论、日记、中篇小说等不同文体组成。《教育诗》被誉为不朽的"教育盛典",对中国教育思想产生过相当大的影响。我不知道传玺先生是否读过《教育诗》,但可以肯定的是,他自己写的诗就是不折不扣的"教育诗"。《教育意象》分三辑,分别为"诗意教坛""诗意万象""诗意生活"。乍看之下,三辑中好像只有第一辑"诗意教坛"与教育有关,其实不然。其他两辑同样与教育有关,如第二辑中《东城根小学印象》《石室中学印象》《奥巴马小学印象》写学校,第三辑中《李镇西印象》《陈铎印象》《肖川印象》《姚绍唐印象》写教师、教育工作者。可以说,没有对教育的挚爱,就没有《教育意象》诗集的诞生。正是对教育的挚爱,对教育的思考,对教育的讴歌,给了传玺先生以无穷动力和飞扬灵感,使他思如泉涌,妙笔生花,催生出一首又一首的教育之歌。如果说《教育意象》的诗是玛瑙,那么,对教育的一颗赤子之心就是一根红线,穿起颗颗玛瑙。马卡连柯的《教育诗》虽名为"诗",但其实是散文;程传玺的《教育意象》则是货真价实的"教育诗",是他对教育、对教师、对学生诗意畅想的升华和结晶。

读传玺先生的教育诗，最令人感动的莫过他对教育的挚爱和崇高评价。他认为：

教育是母亲饱满的乳房

任孩子自由地吮吸（《教育意象》）

教育是雪中送炭，点火成金，淬火成钢

教育是解剖麻雀，庖丁解牛，春风化雨

正因为教育是阳光下最崇高的事业，所以，他认为对教育人们应该心存足够敬畏，

教师从事高危的事业

只能成功，不可败绩

恐惧是我们的人生态度

教育需要小心翼翼

教育为什么"只能成功，不可败绩"呢？因为

每一个孩童天降大任

不可复制（《教育的恐惧》）

孩子，你是我的上帝（《教师梦》）

每个孩子都是无可替代的，孩子甚至是上帝，因此，对于教育孩子，教师不应存丝毫的马虎与松懈，为强调这一点，传玺先生用了"恐惧"一词来加以强调。这是别的诗人之前没有用过的，所以显得很新鲜。教师对于教育抱着如此审慎认真的态度，有着巨大付出和牺牲，但教师的收获也是巨大的，教师与学生之间

一次完美的交流是一场盛宴

能唤起意外与惊讶

能解放压抑与困惑(《教师梦》)

由于与孩子的交流，

我开始热爱生活

憧憬未来

我开始真正的成熟(《教师梦》)

之前我们对于师生关系的认识，大都停留在教师是启蒙者、学生是被启蒙者的二元层次上，好像教师只是知识的输出者,学生只是知识的接受者。但《教师梦》告诉我们，师生关系是双向互动的，教师既教育学生，也同样被学生所教育；是学生给了教师生存的理由和生活热情。这样的认识无疑是辩证的和超前的。由于教师从事的是育人的崇高事业，所以，在传玺先生心中，教师这个群体属于贵族阶级，散发着优雅的"贵族气息"，

一言语，一投足

风度优雅

落落大方

自然得体(《教师素描》)

《教师素描》外,他的其他诗如《师美》《师说》《师魂》《教师的诗意栖息》《教师的高贵》《教师是贵族》

《教师是变形金刚》《可歌可泣的教师一族》等诗,都是向教师这个"贵族"群体进行讴歌与致敬。在传玺先生心中,教师是天底下最美好、最高贵的职业,爱屋及乌,校园也成为诗人心中最美的处所,

　　校园是花环编制的绿洲

　　充满人文的气息

　　嘭嘭拔节的生命

　　回响着迷人的音律(《校园意象》)

总之,翻开《教育意象》,随处可见对教师的讴歌,对孩子的礼赞,对书籍和阅读的颂歌。在对教师和学生的诗意礼赞外,也有诗人作为一个教育工作者对中国当前教育现状的思考,对中国儿童课业繁重的忧思,对中西教育模式的比较。当然,这种思考,同样是一种"诗性的思考",是通过诗的构思和诗的形式发出的。

《教育意象》是不折不扣的"教育诗",是从传玺先生一颗对教育的赤子之心中盛开的美丽的花朵,因此,"教育诗"不但充满着诗人对教育的礼赞和思考,这种礼赞和思考还是以诗意的形式展开的。传玺先生把自己的诗集命名为《教育意象》,是非常高明的。"教育"揭示了这部诗集内容的独特性,"意象"则揭示了这部诗集艺术的独特性。"意象"是诗最具

本质性的一种表达形式，离开意象，诗人将寸步难行。从这一点说，传玺先生抓住"意象"，等于是抓住了诗的本质。而意象的丰盈、美丽与独特，也正是《教育意象》一书艺术上的独特所在。诗集第一首《教育意象》，就运用了大量意象，使诗人对于教育的礼赞形象化，如"教育是十月怀胎的母亲""教育是母亲饱满的乳房""教育是涓涓细流""教育是深海取宝，高山滑雪"等。《教育比喻》更是一口气运用了十几个比喻，随着这些比喻，大量意象喷薄而出，令人目不暇接，如：

  教育是抽丝剥茧地寻找真理
  教育是引导孩子曲径通幽处的柳暗花明
  教育是跋山涉水后的轻松愉快
  教育是温唇舔舐淌血的伤口
  教育是折翅后再生丰满的羽翼
  把教育的功德形容得淋漓尽致。

大量意象的运用外，《教育意象》还善于运用排比、比喻、拟人、夸张等艺术手法，特别是大量排比的运用，使诗句读起来既高亢爽朗，又一唱三叹，颇有邓州地方戏曲剧、宛梆、越调的风味，如《孩子的幸福》中：

  我喜欢书包里藏匿的玩具

我喜欢沙土里堆上积木

我喜欢河边柳枝戏鱼

我喜欢梦里翻飞

钻天入地，空中漫步

《儿童诗》之三《家》：

悔不该偷鸟蛋

悔不该捣蜂窝

悔不该青石缝里摸螃蟹

悔不该蚂蚁洞口放烟火

读着这些诗句，我不禁想起小时候在老家农村看过的曲剧《卷席筒》，其中张仓所唱的一段中有：

再不能中岳庙里把戏看

再不能少林寺里看打拳

再不能摘酸枣把嵩山上

再不能摸螃蟹到黑龙潭

可以明显看出，传玺先生的诗歌写作在艺术上受到邓州传统戏曲的深刻影响。本书自序里，他称自己从小开始，对戏曲就十分敏感，"记词特别快，上学路上、割草放羊，我都按着曲牌自编顺口词，哼唱不已。"正是家乡的地方戏给了诗人最初也最宝贵的文学启蒙，他后来的写作以及凭着写作考上高中再考上师范，成为人民教师，都与地方戏给予他的文学启蒙和艺术修养分不开。从这点说，是邓州地方戏所代表的浓郁的地方文化熏陶了传玺先生，也成就了传玺先生。他的诗集《教育意象》在诗风上既具高亢爽朗的阳刚之气，又有一唱三叹的低回之美，就来自邓州传统地方戏的美学陶冶。

说起邓州地方戏，不禁勾起我对自己少年期的美好记忆。老家邓州是典型的戏曲之乡，关于童年、少年时期的美好回忆都与看戏的经历分不开。老家盛行三种地方戏，曲剧、宛梆、越调。小时候这三种戏都看过，看的多了，有些段落不自觉就会哼唱，例如《卷席筒》中张仓所唱的"小仓娃我离了登封小县"那一段，我虽然五音不全，也会唱。家庭成员中不但我会唱点戏，我的父母、二弟皆会唱，我身边的其他村民，稍有一点演唱天赋的，都会唱。记得小时候，村民们走在村里及田间小径间，随意哼唱的不是流行歌曲，而是地方戏的一些代表段子。我们村子里，最痴迷戏曲的莫过母亲，她不但会唱，有时还试着演，因而为同族的有些叔伯所不喜。但正是她的这一点爱好和戏曲上的天赋后来却一度挽救过我家的经济，因为后来随着我和妹妹、弟弟相继上大学，家庭经济日渐窘迫，单靠地里的收入明显不行了。为了我们兄妹能顺利上完大学，母亲做出一个大胆的决定，就是登台演戏。她后来加入草台班子，登上舞台，先演配角，后演主角，能串演整场戏，且很快学会了对词。有些戏只有大纲，类似近代文明戏的"幕表戏"，只有大概故事情节，台词靠演员上台临时发挥，这样大的挑战，母亲也顺利过关。可见母亲在演戏上确有天赋。这种天赋，得益于老家农村那浓厚的戏曲氛围，在这样的氛围中，每个农民似乎都有随时登台演出的潜力。现在回头细细品味小时候家乡那种浓厚的戏曲氛围，才发现地方戏对于中国农民教育陶冶的功能被大大低估了。那个时代从农村走出的，只要稍微喜爱戏曲，灵魂深处都有一点家乡地方戏的音符在飘荡着。每一个能够从农村走出的孩子，如果说能够在文化上有点出息，他们最初的启蒙教育，既来自学校和父母，又来自地方戏所代表的浓郁的地方文化氛围。后者往往被我们所忽略了。从传玺先生身上，我感悟到这一点；从自己的生活经历中，我切实感受到这一点。通过地方戏，通过《卷席筒》，我走进了传玺先生的精神世界，对于他的诗，有了更深的理解。

往小里说，我的老家邓州是个有浓厚戏曲文化氛围的地方；往大里说，我的老家邓州是个有深厚文化积淀的地方。前者是后者的表现而已。邓州是中原到江南及四川的必经之所，地理位置非常重要。顾祖禹

《读史方舆纪要》卷五《河南》卷对"邓州"的评价是："古称邓林之险。其地西控商洛，南当荆楚，山高水深，舟车辏泊，号为陆海。南北有事，襄邓为之腰膂，足以震慑淮沔，挫抑荆襄，后之有事关中者，往往图武关，图武关，则州为孔道矣。虞允文有言：'邓州，襄汉之藩篱，而实秦楚之喉嗌也'。可不信哉？"由于地理位置重要，从隋开皇七年（公元587年），邓州作为一个州已开始建制，治所为"穰"即今天的邓州市。这不但促成邓州经济的发展，也促成邓州文化的繁荣。从唐韩愈、白居易、孟浩然到宋范仲淹、欧阳修、梅圣俞、苏轼、谢绛，再到金元好问，很多文人墨客到过邓州，其中最为所知的莫过范仲淹。庆历五年(1045)，范仲淹移知邓州。在邓州，范仲淹写就《岳阳楼记》，留下了"先天下之忧而忧,后天下之乐而乐"的千古绝唱。《岳阳楼记》是留给一般中国人的精神遗产。那么，范仲淹留给邓州当地人的遗产是什么呢？我认为是花洲书院。正是他建立春风堂及花洲书院，作为讲学之所，邓州才开始有了学校，有了教育，有了千年文脉的延续。所以，说范仲淹开启了邓州千年文脉，并非夸张之词。范仲淹曾有一文《邠州建学记》，该文写于1046年，此时他正在邓州。文中写到：

"国家之患,莫大于乏人,人曷尝而乏哉?天地灵粹,赋于万物,非昔醇而今漓。吾观物有秀于类者,曾不减于古,岂人之秀而贤者独下于古欤?诚教有所未格,器有所未就而然耶!庠序可不兴乎?庠序者,俊乂所由出焉。三王有天下各数百年,并用此道以长养人材。材不乏而天下治,天下治而王室安,斯明著之效矣。"国家要大治,需要长养人才,长养人才则必须兴建学校,"庠序者,俊乂所由出焉。"范仲淹建立春风堂,建立花洲书院,其目的都是为了长养人才,为了延续文脉,为了国家大治。建立花洲书院一事,可看出范仲淹的雄才大略,见识不凡。他在邓州执政时间虽不过短短几年,但却能通过建书院而遗泽后人,开启当地千年文脉,教育之力大矣哉!

由范仲淹创办的花洲书院,对于自己的老家,我又多了一层了解,了解了那片土地上缭绕不尽的地方戏唱腔背后的意味,了解了自己的童年,同时也进一步了解了传玺先生以及他的诗。范仲淹开始的千年文脉,一直在这片土地上流淌着,从宋流淌到今天,从未断绝。承接这文脉的,不仅有姚雪垠、周大新,也有无数其他知名和不知名的作家、知识分子,包括传玺先生,包括我,包括新晓,也包括其他读书识字的邓州老乡。我认为，只要抱着一颗虔敬之心，进入神圣知识殿堂，接受老师训诲，其实就是在承接范仲淹开启的文脉。传玺先生以一颗赤子之心，拿出他的诗集《教育意象》，无疑是承接邓州千年文脉的优秀一员。但传玺先生并不单单是文脉的承接者，他与范仲淹一样，同样是文脉的光大者。作为邓州教育的一名管理者，他对教育的痴迷与热爱，对教育的担当，对教育的认知，应该并不亚于范老先生；因而，他对邓州教育的贡献，同样也不亚于范老先生。有了他这样痴迷教育、献身教育、有责任敢担当的诗人领导，邓州教育有望，邓州学子有望，邓州父老有望，邓州千年文脉的延续和光大有望！

是为序。

2017年6月17日
于河南大学文学院

刘涛　河南大学文学院教授，博士，博士生导师。著名现当代文学研究者、文学评论家

第一辑 诗意教坛

教育意象

教育是十月怀胎的母亲
忍痛聆听舒缓的乐曲
教育是面对嗷嗷待哺的孩子
深情地驻足

教育是母亲饱满的乳房
任孩子自由地吮吸
教育是鲜花盛开,鸟儿呢喃
搀,蹒跚学步
教,呀呀学语

父母是孩子第一任教师
你的言行被孩子如数收悉
你的欢笑,你的叹息
　　没有秘密

童年是孩子的蓝天白云

纯洁的底色一望无际

我们是成熟的画师

拒绝涂鸦，拒绝污渍

学校是孩子成长的乐园

百花争艳，香气四溢

老师是亭亭玉立的旗手

  孩子的步梯

一个眼神，一次抚摸，一声干咳

每个细节都是暗示

一行板书，一点掌声，一个拇指

每个行动都是鼓励

教育是涓涓细流

温润敏感的神经

教育是汹涌的激情

唱大江东去！

教育是深海取宝

高山滑雪，虎穴探子
教育是培养勇敢者的游戏
一往无前，战天斗地！

教育来不得抱残守缺
　　　不容许狭窄封闭
创新，变故，置疑
　　挖掘不尽的惊奇

真情感，真意趣，真思想
真风格，真面貌，真教育
教育是引导孩子抛却虚妄
教育是搀扶孩子寻求真谛

善良是人性最本质的属性
每个人都是自己的上帝
教育只需认定心灵里的恶魔
让孩子学会控制，懂得摒弃

教育是在繁花似锦的岁月里
认识，追寻，欣赏，创造

孩子们沿着风景

找到生命的意义

真善美是哲学园地夺目的光束

假恶丑是真理王国里狰狞的魔鬼

教育让孩子用好照妖镜

让残害、愚昧、暴虐无处藏匿

教育需唤醒孩子民主意识

自由地呼吸新鲜的空气

尊重生命的千姿百态

平等相守,不离不弃!

我们都是地球的村民

普世的价值备加珍惜

教育要捍卫人类的尊严

面向未来,代代延续

2015 年 8 月 12 日于苏州大学

教育比喻

教育是雪中送炭,点火成金,淬火成钢
教育是解剖麻雀,庖丁解牛,春风化雨
教育是魂牵梦绕的怜子情怀
教育是抽丝剥茧地寻找真理
教育是引导孩子曲径通幽后的柳暗花明
教育是跋山涉水后的轻松欢愉
教育是温唇舔舐淌血的伤口
教育是折翅后再生丰满的双翼
教育是悲怆中寻找生命的赞叹
教育是欢快中体悟人生的真谛

2015年夏于北京师范大学

教育的恐惧

教育是现代农业
没有固定的模式
花开花落充满诗意
我们和不可再得的生命交流
不是游戏

教师从事高危的事业
只能成功,不可败绩
每一个孩童天降大任
不可复制
每一棵根苗绿意浓浓
不可遗弃!
是谁搬动了我的奶酪?
甜甜的果汁儿
　　柔情蜜意

也有,酸酸的回忆

老师啊,我们是与新新的人儿打交道
每一个细节充满疑问
恐惧是我们的人生态度
教育需要小心翼翼

2015 年 4 月 20 日于河南省邓州市张村二初中参加河南省现代教育技术现场会后作

教师梦

一次完美的交流是一场盛宴

能唤起意外与惊讶

能解放压抑与困惑

犹如一首诗——

起、承、转、合

曲径通幽

峰回处风景无数

一场完美的教学是一场情绪漫游

你——心领神会

我——收放自如

你——纵横捭阖地豪放

我——谦卑自然地接受

你——细密精致地婉约

我——条分缕析地吸收

你——唤醒我沉睡的潜能

激活我封存的记忆

开辟我窄狭的心智

释放我禁锢的情愫

孩子,你是我的上帝

我开始热爱生活

憧憬未来

我开始真正的成熟

1987年4月16日我在河南邓州全市语文教师教研会上作了题为《以课文为例文,训练写作文》的报告,信心爆棚

教师写意

犹如良知之于精神
流泻自然神韵

贵族的雅行
绰约而动人

教师素描

匀称的身材亭亭玉立

明眉皓齿

面目红润

西装革履

一言语,一投足

风度优雅

落落大方

自然得体

待诗书浸润

经岁月磨砺

心有丘壑

散贵族气息

当款款步入课堂

静美的身姿

舞动起旋律

像飞鸟归林

鱼儿戏水

悠然，洒脱，神秘

悟空与猴儿戏耍

举重若轻

负千钧重担

飞檐走壁

走出校园，入纷繁世界

昂首挺胸

神采飘逸

啊，一个平凡又高贵的队伍

一个伟大的群体

2015年7月12日于北京师范大学听于丹教授报告后作

| 015 | 第一辑　诗意教坛

师美

母亲一样

满怀期待地守望

父辈一样

严慈相加的呵责

兄长一样

恰如其分地忍耐

姐妹一样

温度适中的言行

圣哲一样

真心实意地示弱

领袖一样

站在风景里思考

仙人一样

独自默默地微笑

师说

有一种精神叫崇高

有一种力量叫奉献

有一种美丽叫守护

有一种敬意叫感动

有一种信念叫坚守

有一种记忆叫永恒

师魂

无限激发生命的潜能

不断提升生命的品质

坚定捍卫生命的尊严

努力感受生命的美好

耐心唤醒生命的热情

尽力体现生命的意义

积极实现生命的价值

2007年10月18日，听肖川博士报告后

教师的诗意栖息

教师诗意地栖息在校园里
静听花开的声音
没有激情喧染的波涛汹涌
只做小心翼翼的伴侣

润物无声地唤醒
永不言弃地进取
花香鸟语里诉说
不留余香地赠予

是空谷传响的呼唤
是刻骨铭心的回忆
是用良知舔舐心灵的伤口
是用热爱缝补残缺的心隙

是在一个港湾

向远方的一次生命的摆渡

是没齿不忘的成长日记

是生命拔节的悠扬旋律

是一群不成熟的人和另一群不成熟的人

  一次美丽的邂逅

是两拨做梦人梦中欢聚

是七月流火的阵阵微风

是薪火相传

是三九严寒时的雪中送炭

是惺惺相惜的不离不弃

是一棵树与另一棵树的搀扶

是一座山向另一座山的看齐

是一把铁锹疏浚淤积的河道

是一把雕刀镌刻美丽的璞玉

它能演绎无法言说的故事

直通天堂，直达真理

浪漫教师

栖息在教育

教育是创造力的勇敢碰撞

教育是一堆堆想象力的集散地

教育不是机床隆隆声中分娩产儿

教育是百草园中生命的声律

教育是用情做心灵的牧师

教育是师生爱的传递

教育是欢天喜地地收割希望

　　情不自禁地表达爱意

无处不在、无时不有哲学王国

　　寻寻觅觅

教育是一次看似不经意地抚摸

无须矫饰，无须刻意

大事小事都是盛典

既顺其自然，又精心设计

这就是教育啊,难以描绘的美丽

2016年暑期于吉林长春,参加东北师大教育干部培训班后作

教师的高贵

高贵是夏夜的和风

驱散世俗的酷暑

高贵是冬天的篝火

温暖寒冷的路途

高贵不可批量

不可物化,不可重复

高贵的人

用心铺就道路

众人忘形逃生

贵人抚琴相送

众人饥不择食

贵人昂首挺胸

还有我战友谭千秋,汶川地震

双臂如翅,以死固守四个学生

老师啊,亲爱的弟兄!
你的博大、诚挚
就是高贵的投影

2008年5月12日四川汶川大地震中,双臂救护四个学生的谭千秋老师,给人留下深刻的印象

教师是贵族

孩子是一个未知的世界
像大自然一样,充满神奇
我们以好奇的姿态
表达敬重

孩子没有选择出身的权力
可以尊贵
可以贫穷
而我们的富有是尊重

追逐名利的世界里
我们追求成长
利益熏心的市场里
我们宁静

我们以规则行事,不越雷池半步

我们以浪漫的情怀游戏残酷

用心经营每一份情感

绝不会矫情

因为我们精神的血管里

奔涌着贵族的气息

永永远远

自始至终……

2012 年 8 月 17 日在河南省邓州市教师进修学校的讲座中给新教师的共勉语

教师是变形金刚

不囿于窠穴

我们行走于山林

孩子是多彩的风筝

我们牵引着线索

大千世界

我们嫁接,包扎,抚慰

有时壮士断腕

有时潇潇雨歇

有时豪放

有时婉约

一个百变的王者

扮孩子的玩伴,和孩儿逗乐

一会儿是雨

一会儿是雪
一会儿是神人
一会儿是战车
变化就是美化,吸引孩子们
寻找惊喜,寻找错愕

2001 年 8 月 13 日于河南南阳

可歌可泣的教师一族

泱泱中华千万教师
遍布祖国的村村寨寨
山山水水
传承文明,弘扬文化,缔造幸福
呈献出异彩纷呈的画图

独臂撑起山村的希望
轮椅驮动辍学的幼童
盲教师成为大山深处的明灯
拾荒建校做爱心保姆

草原只有一个教师的学校
四十年如一日让妻子搀着上路
重庆巫溪的赵世术
背孩子趟河上学,誉满巴蜀

湖南高家铺的陈善明
佝偻几近九十度
一次次护送留守的儿童
竹杆划船，艰难摆渡

云南民师颜世岸
带野孩子舞动民族舞
进金色大厅
登悉尼剧院
引洋人惊呼

血雨腥风的2008年
汶川承受巨大的痛苦
谭千秋，一个平凡的师者
双臂呵护四个孩子
最后的姿势
定格成壮美的图谱

郑爱华老师癌症后期

拄杖屹立讲台

最后一课竟是他的遗嘱：

捐出身体器官

供科学研究

十里长亭，送葬人

泪眼模糊

每个教师都有一串动人的故事

求新，求异，求变

如兄，如父，如母

从浪漫诗人

到白发智者

成就生命无数

剧烈的社会变革

狂热的财富追求

也曾撩拨我心

面对群星灿烂

再续坚强

在鲜活生命面前

激情如注

我可爱的祖国啊

我的母亲

我愿用我挺拔的身躯

捍卫我伟大的民族

2010 年 12 月 7 日读《感动中国》有感

美丽的灰烬

渴望热烈地燃烧

化为美丽的灰烬

若无道德规约

燃烧也会变得寒冷

凄清和沉沦

是人生的苦难

任千帆过尽

依然故我

纵使夕阳西下

永葆青春神韵

尽情地燃烧吧

我是一名教师

一个和上帝有约的人

我愿化作美丽的灰烬

2001年7月于北京圆明园遗址

校园意象

校园是花环编织的绿洲
充满人文的气息
嘭嘭拔节的生命
回响着迷人的音律

奔腾的校园是欢乐的广场
青春的脉动惊天动地
无趣的教化如一望无际的沙漠
僵硬的分数背后,是灰暗的牢狱

我们期待一种课堂
每一个故事都是新的
认真地听讲,热烈地互动
猛烈地撞击
每种开放都值得铭记

2016 年 4 月 19 日于河南省邓州市花洲实验学校,这所建校不足两年的学校,以其阳光教育理念,引导师生向着阳光、快乐的方向成长,心里高兴而作

美丽的校园

每个人心中都有一座山
孩子们心中的山在校园
无须深山峻岭
　　小溪流淌

只要有花有草有树
可以攀爬，挖掘，藏匿
有球，有琴，有书
有解除饥饿的地方

教室里灯光明亮
西装革履的师傅
暗香浮动的阿姨
还有像爷爷一样的老校长

有国旗,校旗,队旗

风中摇曳出英雄的模样

童心激烈地搏动于

  一个个片断

  一场场游戏

我们在阵痛中成长

2013年12月9日带百名中小学校校长,到河南省邓州市陶营初中参观学习有感

我踏进课堂

整一整衣装,我
走进孩子的瞳孔
粉尘在我身边飘落
镀亮我的感情

如木炭投进炉火,我
激情地燃烧
如木舟漂向湖面,我
勇敢地航行

课堂是我的宇宙啊
孩子是俺的星星

发表于1984年第4期《诗潮》

一堂好课

舞台,乐奏,幕启
老师款款介入
神采奕奕
孩子们是翩翩舞者
时而雀跃,时而静寂

老师的粉笔,划出
迷人的弧线
时而吟哦,时而惊异
心灵共鸣
思维共振
火花四溢
一拨未平,一拨又起

孩儿如冬眠的树木

破壳吐芽儿

一群雏鸟时而呀呀学语

时而欢天喜地

一节课,一杯奶,一束花儿

解一时饥渴

艳满堂华贵

为终生奠基

2014年4月7日观摩河南省名师张雅数学课后得

关于书

书是一把钥匙
开启智慧
书是成长的阶梯
提升生命的层次
书是时代的记忆
凝固社会的风景
书是营养品
补充精神的维生素

书是缄默的师长
指引前进的方向
书是繁星点点
为蒙昧启明
书是一张张帆影
蕴万丈豪情

书是浪漫情人

低唱浅吟

书是珍馐佳肴

饱人口福

书是才子佳人

情投意合

书催人奋进,使人忠诚、坚强

书助人为乐,使人健康、积极

书是一个无所不知的导游

洞悉历史细节

书是一位渊博的智者

直达哲学深处

书以文学的柔情

滋养人性,感人肺腑

读书人高贵、儒雅

读书人贤达、富庶

读书人是风流才子

读书人是绅士贵族

人与人只有一个区别是读书多少
人与动物的重要区别是能不能学习
读书是心灵的对话
是智者对智者真诚的托付

不读书的人浅水摸鱼
读书的人深海捕鲸
不读书的人行走在深不可测的无灯隧道
读书的人漫步于暗香浮动的鲜花簇簇

不读书的人捧金饭碗饿死在繁华闹市
读书的人赤手空拳浪迹江湖
不读书的人是泥塑的菩萨
读书的人是玉雕的翘楚

一个人的精神由书铸就
一个民族的意志用书砌成

书是心灵的上帝
驱离杂念向善向好
书是茵茵绿草
固化茫茫荒芜

书是清洁剂
净化污泥浊水
书是金钥匙
解却混沌麻木
书,文明一个世界
书,振奋一个民族

2015 年夏于北京

悦读

人生是场漫步

面对风光无数

有一个分水岭

那就是悦读

快捷地领略

千年风骚

深刻地思考

悲情万物

没有人可以跨越所有的高山

没有人可以阅尽人间的风物

只有悦读

那是天与地的交流

那是神与人的守护

任万千丘壑纵横

任万千江河奔涌

没有万千思索

血肉模糊

假若人类只有一个亲人

假若人生只有一次机缘

纵使山崩地裂

还有悦读

2015 年 4 月 19 日夜于河南省邓州市

放飞

教科书只是例子
标准答案只会扼杀孩子的想象
题海里泡出的分数
发酸,发霉,膨胀

教室不是囚室
不许禁锢
孩子是世间灵长
不许放进"鱼缸"
孩子是群候鸟儿
天生一双梦想的翅膀
不可放进笼子
只用来观赏

放飞吧,伙伴
让他们走出封闭
走出狭隘

第一辑　诗意教坛

走进美丽的大自然

自主地觅食

自动地疗伤

自由地呼吸

自在地飞翔

他们有权利飞出去

他们有能力飞出去

上帝赋予

不可阻挡

能飞多远就让他们飞多远

能飞多高就让他们飞多高

我们去守护

去引领

去修饰

去放飞

放飞孩子们人生的梦想

2011 年 11 月 7 日参加珠海航展有感

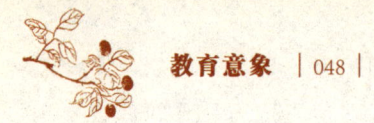

学生,我的孩子

是上天下凡的精灵

童心能感知他们的心声

他们童真切切

敢和权威较劲儿

他们争强好胜

仿佛烈火熊熊

他们暖似朝阳

能使坚冰融化

他们敏学善思

能感知细微天籁

他们创新求异

不怕山摇地动

学生是一面面镜子

折射教育光芒

辉映华夏

普照众生

2014 年 4 月 19 日参观北京第四中学后有感

孩子都是哲学家

天上有什么?
云
云后是什么?
星星
星星后是什么?
还是星星
最后的最后是什么?
孩子追问,妈妈回答
一个个哲学命题
一朵朵思想之花

童年时代,仰望星空
神秘的光
照亮我心扉
当知道生必有死时
对生命意义产生了困惑

教育意象 | 050 |

保持孩童的心智

人人都是哲学家

2016 年 11 月 7 日于河南省南阳市第十五小学

孩子都是哲学家

丁酉年 克平

美丽的错误

童年是个快乐的矿藏
与生俱来的人性闪耀着光芒
孩子是寻宝的天然好手
猎奇,挖掘,摧毁,重塑
望烛流泪,黯然神伤

青年是个燃烧的季节
激情演绎,神采飞扬
勇敢的心脏有力地跳动
可九天摘月,沧海冲浪
奋不顾身,豪情万丈

老年是人生最后的牧场
从容面对如血残阳
童心泯灭

凝结理想

成熟的果实冷若冰霜

要珍惜啊,要珍惜

每一个犯错的地方

让童心发出美丽的音响

2014 年 4 月 12 日参加河南省教育学会
儿童教育研究会后作

来吧,朋友

如果,你是为了摆脱寂寞

想交最纯真的朋友

来吧,我把我的孩子让给你

他们童心跃动

心灵干净

有无数个童话故事

讲给你听

如果,你是为了使自己更充实

更有意义

来吧,我把我的孩子送给你

他们都是我的宝贝儿

生动活泼,个性鲜明

所有的故事都会发生

灿若群星

保你乐趣无穷

如果,你是为了延续自己的生命
想青春永驻
来吧,我把孩子托于你
他们如秧苗拔节
砰砰作响
像猴儿下山
充满活力
虎虎生风

如果,你是一个追求生命价值的人
不甘平庸
来吧,我把我的孩子交给你
他们拥有远大理想
披星戴月
夜点明灯
报效祖国
丰富人生

来吧,孩子们,你们也是我们的孩子
让我们一起奉献热情

2014年8月14日在河南省邓州市新教师培训开班典礼上我的演讲结束语

孩子的幸福

只要从母体里爬出
已可感受人世的幸福
即是偶然傻傻地微笑
表达的也是舒服

妈妈的乳头是我幸福的超市
里面的风景应有尽有
天花板是我幸福的图像
放声大哭是我的所有表述

当我开始呀呀学语
我的幸福是吞吞吐吐
当我已经学会站立
幸福就是蹒跚学步

当幼儿园的铃声在风中响起
我最喜欢阿姨们美丽的眼睛
和小朋友们热热闹闹
风里雨里,一塌糊涂

我怀念爷爷花白的胡须
里面藏着无尽的秘密
还有院子里,鸡鸭猫狗……
还有老实巴交的小猪

幸福是爸爸高高的举起
幸福是妈妈小小的搀扶
幸福是阿姨甜甜的故事
幸福是小狗紧紧的陪护

我喜欢书包里藏匿的玩具
我喜欢沙土里堆上积木
我喜欢河边柳枝戏鱼
我喜欢梦里翻飞

钻天入地,空中漫步

我讨厌奶奶追着喂饭
我讨厌妈妈脱我衣服
我讨厌阿姨捏我鼻子
我讨厌爸爸打我屁股

我讨厌伙伴藏我"飞机"
我讨厌老师收我画书
我讨厌教室里长长的罚站
我讨厌没完没了的作业、考试
　　偷走了我的幸福

我羡慕枝头上鸣唱的小鸟
我羡慕小河里小鱼的漫游
我羡慕花丛间翩飞的彩蝶
我羡慕沟路边狂奔的野兔

人生,童年只有一个

谁也不能令春天永驻

请天下所有长者，口下留情

保卫童年功不可没

2010年10月9日于西藏拉萨，远望皑皑雪山安静屹立，白云在明净的蓝天悠然飘动，还有黄羊、野驴、牦牛等动物随意地徜徉，深有感触

第一辑　诗意教坛

溺爱即是伤害

雄鹰育子

把幼子从高悬的巢穴中推出

万丈深渊的坠落

唤醒幼鹰的本能

残酷地抛却

成为一种教育

宣扬一种深情

母爱汹涌

多少孩子被深深地溺爱

师恩浩荡

多少童子被紧紧地严控

爱河溃堤

淹没了人性

让生命按自己的形态生长吧

我的先生

勿漠不关心

也不万般纵容

自然超脱，充满理性

2016年5月17日中午，暴雨如注，某学校门口，为孩子送饭的家长在树下等待放学的孩子，那动人的场景，让人深有感触

儿童诗(组诗)

偷光

天窗

筛落几束阳光

桌上的小圆镜

偷回颗太阳

我转动着镜子

一会儿,光飞房顶

一会儿,光卧墙上

哥哥一扑

眉梢挂上串串欢笑

妹妹一抓

抓到一把失望

哎嗨嗨

我们抱住太阳

月亮

似妹妹脸蛋肥胖

比姐姐眼睛还亮

在树梢上荡着秋千

不小心

摔掉大片大片的光

粗心的家伙哟

你妈妈不打你才怪

看你的衣服已经弄脏

家

谁没有家？

水是鱼的家

山是树的家

树是鸟的家

港是船的家

船是人的家

妈是咱的家

悔不该偷鸟蛋

悔不该捣蜂窝

悔不该青石缝里摸螃蟹

悔不该蚂蚁洞口放烟火

我真是个坏家伙!

《偷光》《月亮》发表于1984年第5期上海《少年文艺》,《家》作于1988年4月17日河南省邓州市都司中学,发表于1989年2月16日《少年文学报》第二版

067 | 第一辑 诗意教坛

村校之忧

满山遍野的红杜鹃
映出农家孩子稚嫩的小脸
孱弱的身体
在微风里震颤
美女张老师调走了
她一个人承包了一个班
一个全科教师的离开
让人伤感

"集聚效应"是人才的重新洗牌
农村学校产生了"马太效应"
师资匮乏
弱者更弱
教育的公平理念
备受责难

一样的勤奋
一样的理想

一样的生命

不一样的局面

教师也是有血有肉的个体

有亲情

有梦

有无可争辩的选择权

支援山村的义举

不可无视幸福的召唤

是教师师德的缺失

是山村的空气不鲜

是孩子们的笑声不甜

不！不！不！

"下不去""留不住""教不好""长不高"

需要行政的智慧

心与心的交换

2016年9月10日参加乡镇教师节表彰大会后有感。近年来，教师待遇不断提高，学校条件逐步改善，但城乡差别、教师的心理诉求还难以满足，偏远农村学校教师数量、质量、结构还不尽合理，亟待解决

关于教育的遐想

1

幽默是智慧的花朵

幽默的课堂是灵动的,有趣的

兴趣是最好的教师

有趣是美好的教育

2

教学是一门艺术

丰富而鲜活的语言

风吹草低的肢体动作

独到热切的情感流露

巧妙恰切的生活案例

绝非——

苦口婆心地唠叨

僵硬呆板的表情

干瘪冰凉的思想

瘦弱纤细的道理

3

一个优秀教师

一定是一个思想者

细微处显博大

粗犷里露细腻

生活中的教育现象

被收集，提炼，过滤

巧妙整理

人人懂得而不易总结的经验

上升为普世的价值

普遍的道理

4

文凭只是一纸冰冷的文书

能力才是铁的规律

向上，向善，向美

坚定，自信，给力
教育家的翅膀
就是去飞

5
一个没有音乐的校园
是一个荒漠
一个没有欣赏乐音能力的人
是木讷的
对天籁之音的漠然
必然流失人的天性之美

6
机智是为师者最大的智慧
只有预设的教学
犹如一个笔直的河道
纵然一目了然
实在毫无情趣
教育需要生成
萌芽，突兀，惊异
意想不到的美丽

敏捷而巧妙地应对教育突发事件

是一个优秀教师的王牌素质

山重水复、曲径通幽

彰显教育的意义

7

一个生动的教育故事

蕴藏一个教育的真谛

一个精彩的课堂

演绎一场艺术的教育

艰涩与枯燥

被稀释、融化

凸显出教育的无限魅力

8

呼唤狼性的教育

血性的教育

激发和点燃

孩子沉睡的天性

刚性、阳光与坚定

强筋健骨

增强民族钙质

9

藏起教育的锋芒

善于向孩子示弱

把自己视为不成熟的人

置身于不完美的孩子当中

和孩子平等对视

走进孩子的内心

10

自我管理是孩子民主的权利

信任的力量无可比拟

无须把教育打上固化的烙印

适合即美好

发展即道理

11

疏浚教育是一门艺术

每个生命都是唯一

我们之所以披戴神圣的光环

只有一个原因——

生命不可儿戏

既大刀阔斧

又小心翼翼

12

最好的书是生活

教育的最高智慧

蕴藏在平实的生活里

"生活即教育"

13

爱是教育的底色

没有爱哪有教育

慧爱是一个富含宗教色彩的概念

教师更需佛心浩荡

悲天悯地

14

关系大于教育

关系就是师生情感的脐带

以冷静、深沉与博大
对待冲动、肤浅与狭隘
因人、因事、因时而宜
在孩子堆成的假山上
教师悠扬地低吟

15

透支是一个经济学术语
"透支"鼓励需要勇气
透支孩子未来的优点
支付给孩子自尊和自信
引导孩子走出荒唐
走出沼泽
走进新绿

16

挽救问题孩子
是一个严肃的课题
"短平快"是另一种放弃
"温火炖肉"是教师的妙思
耐心,宽容,等待

捍卫孩子尊严

且不留痕迹

17

寻找教育的"金钥匙"

教育是科学

是方法论

只有心心相印地吻合

才能打开

封闭、固执、保守的锁

每一个孩子都是

与众不同的花蕾

只有美丽的天使才可慧眼识别

内心的秘密

去发现,去呵护,去催开

每一朵芬芳的花

使教育回归本真

让每一个孩子自然成长实现独立

2016年8月3日带领百余名教育干部,
于河南省济源市听全国著名职业教育专家
余国良教师讲座后的评语

教育随想

1

教育是一场长跑
赢在耐心、耐力
教化一个孩子、两个孩子
年复一年,日复一日
一批一批地培育
才是个奇迹

2

一个多才多艺的教师
优雅地存在
必然是风景如画
暗示,熏染,影响
举重若轻地教化
实在惬意

3

人性的教育是等待

理性的教育是培育

自然的教育是唤醒

纯美的教育是情谊

4

教育,拒绝——

  漫不经心、放任自流

  色厉内荏、道貌岸然

拒绝揭疤亮丑,流失孩子自信

拒绝呆板僵化,流失学习兴趣

提倡——

走向合纵连横,人性管理

5

"不让鱼上树,不让鸡下海"

善于发现孩子天性

并科学点燃

就是大的教育

6

有一双慧眼去发现美

有一颗慧心去感受美

有一种能力去鉴赏美

有一种潜力去创造美

有一种机会去展示美

是人类无与伦比的快乐和享受

摘自 2015 年 10 月 17 日我在班主任培训班上的专题讲座《用心做教育》

第二辑 诗意万象

自由

随心所欲,不是

真正的自由

自由是思想的驰骋

    心灵的敞亮

    个性的张扬

是一棵树洒脱脱地舒展枝丫

是一朵云曼妙地飘逸

教育是孵化自由的工厂

老师以母性的

吻,啄破僵硬

活化出彩羽

扇动美丽

1985年7月13日参加一次教研会后

向日葵

张开灿烂

笑迎秋天

低头也是妩媚,引领着狂欢

花花绿绿的舞动里

露出了笑脸

这些情绪的尤物

鲜嫩欲滴,风情万千

乐观的种子

拼命地抽芽

拒绝遮蔽

拒绝灰暗

1987 年 10 月 13 日带领学生游春

第二辑　诗意万象

向日葵

丁酉年

蝶想

每个孩子都是一只虫蛹
教师的责任是点化生命

我们不必斧削刀劈
只需陪护——
欣赏一场蝶梦

公园里,那棵香樟

告别那绿草如茵的国度

回归久别的故土

公园里,年前移植的香樟树

是俺兄弟

重逢在分别之处

欣喜于新芽的冒出,我看见

这棵粗壮的香樟

憔悴在春风里

一阵惊讶,一阵痛楚

清晨,披霞光,衔露珠

我逡巡在新绿里

那棵香樟依然茕茕孑立

神情麻木

我开始担心

一场意外
像亲人病榻前无奈的
守护
兄弟,快醒醒吧
我猛击他一掌
泪眼模糊

2013年5月30日,美国之行后回到故乡,见公园一片绿荫,有感于一棵香樟的死去

公园里，那棵香樟。

幻梦

仰望灿烂星空

我感叹生命

恨腿短脚浅

无缘宇宙旅行

假若,我有

潜艇的水性

我会深渊戏鲸

同屈子谈诗

与尼采谈性

晨与浅露对歌

夕和暮阳说情

渴饮飞瀑

食月如饼

笑看刀光剑影

2007年7月7日于河南省邓州市

晚霞

学校西边,岁月
从一弯小河流过
晚霞飘散时分
田野里的庄稼将绿意诉说

一缕晚风吹破鸟儿影子
月,浮在河里戏水
逗得垂绿
把俺的梦儿抖落

1986年4月19日作于河南省邓州市都司中学,发表于1987年第7期《语文学习》杂志

眼睛

你的眼睛

是两颗星星

潜在的天真

点燃了我的童梦

多少次啊

我被星星的光吵醒

重回梦乡

泪水晶莹

1987年6月12日发表于山西《作文周刊》

 **教育意象** | 094 |

致牡丹

仲春,薄雨,洛阳
我见到你了
一园园,一簇簇,一朵朵
红的白的粉的黑的
牡丹,你模样富态
天生的贵妇人
你在古都修行了数千年
一点也不老
小叶儿衬得你
少女一般

我知道你成仙子了
不想装点什么
春天里热热闹闹的
图一个安稳

他们把你圈起来

实在有些残忍

希望你能按自己的想法生活

不受束拴

人说你是花中之王

就别闪烁其词

玉笑珠香也好

仪态万方也罢

切莫顾影自怜

我向你发誓：

即使你花容凋落

也不辜负你

把你制成视频

永远光鲜

2016 年 5 月 12 日于河南省洛阳市

致玫瑰

家东边有个玫瑰园
团团簇簇娇态万千
快递小哥奔走世界
传达爱意
送上浪漫

知道你是蔷薇一族
自古来高贵冷艳
神话中集爱与美于一身
不用翻译的爱情语言
我为伤害你的游戏含恨
多残忍啊,这么美丽的尤物
哪堪手裁刀剪!
喜欢只是夺取
真爱才是奉献

我知道

不管你以哪种

姿色开放

都是你的暗示

　　你的特权

我只是感念你

深情地守望

宽容地陪伴

不想花言巧语

不愿信誓旦旦

真的，美人

不要用这种眼光看我

你的眼睛是刀

老是刺穿我的意念

我知道

你是大家闺秀，国际名媛

你的表达如药

活血化淤解毒消炎

防患未然

我甚至欣赏

你身上的刺儿

嫉恶如仇的品性

捍卫美丽的尊严

2016年5月19日欣赏河南省南阳市玫瑰展

花草对

花说：

我是为你开的

露

是俺相思的

泪

草对：

我所有的绿都是为你染的

你青青的花瓣上

有我颤抖的心

花说：

我所有的香都是为你而散

蜂飞蝶舞

是俺的愁

草对：

我所有的摆动

都是向你招手

等到枯黄也没得到你的回眸

1984年5月2日作于河南省邓州市都司中学

豫西云山写意 丁酉年夏月定平冯写

豫云山赏茶

蜿蜒于秀水青山的茶乡
谷雨前的豫云山碧玉浓装
我们惊讶玉海山野的茫茫群山
春意阑珊
绿色裙裳

见纤纤玉手抚弄春茶
朵朵彩云踟蹰彷徨
叹春山锁雾
报人间佳酿

妹妹茶艺曼妙
泡出氤氲清香
几多风情
几多禅意

勾起几多联想

我开始钦羡纯朴的茶农
连绵的青山
起伏的丘陵
遮蔽不住
幸福的向往

忽然浪漫妙想
搬茶山一座
植平原故里
增美丽层次
添壮丽景象
我花季少年
解苦读劳乏
品绿,种植,采撷
用汗水肥沃人生土壤

2017年4月14日至河南信阳茶山

| 105 | 第二辑　诗意万象

萤

太阳落山

月未露脸

星星还在点灯

人间袅袅炊烟

孩童在黑色里幽默

笑声飞溅

见一盏盏小灯翻飞

是你照亮夜晚

有人说你是仙女的清泪

寻找遗落的恋情

有人说你是厄运的诗人

抒发心中的愤懑

我说你是光明的使者

补缺迟到的星月

能量虽小

意蕴深远

1989年6月30日作于河南省邓州市都司中学,发表于1990年7月《躬耕》

坚守

普雅是一种有感情的树

百年一次地绽放

实在太久

是等待梦中的情人

嫣然一笑?

抑或是为一句承诺

执着坚守?

是谁拿走了我们的冷静

是谁堵住了我们的道路

是谁制造了燥热的喧闹

是谁盗去了我傲然风骨

我们的判断力开始瘦弱

思维开始混乱

失去了耐心

失去了庄重

变得庸俗

坚守是一种胸襟

是蓄势待发

坚守是一种境界

是内在的风流

坚守来自于信念

是极致的涵养

坚守是一种隐忍

显生命的厚度

坚守是一种洒脱

让小溪恬淡

落红悠悠

坚守者心平如镜

聆听自己静美的低吟

赏柳絮漫舞

任云卷云舒

2012年5月12日作于夏威夷火山宾馆。在安第斯高原海拔4000多米的人迹罕至处，生长着一种花叫普雅花。花期只有两个月，花开之时极为绚丽。然而，谁能想到，为了两个月的花期，它竟然等了一百年。我到美国游学，听到这个故事，感慨无限。

国球颂

在众多的自豪里

小小银球在世界乒乓作响

纵横捭阖的王国中

满足了国人的愿望

从三岁小孩到耄耋老人

挥汗如雨乐此不疲

从古老山庄到现代都市

一球轰动欢乐海洋

大到国际赛事

小到两人对擂

一子之棋,你来我往

水来土掩,兵来将挡

角度，速度，力度

落点，旋转，推攻

拉球，搓球，击打

帽子戏法猝不及防

国球演绎成民间艺术

强身健体又增添智慧

比品质，拼意志

太极柔道表述哲学思想

如今国粹已走出国门

满世界都是乒乓铿锵

面对五洲四海惊奇目光

从娃娃抓起，让银球闪亮

2017年2月16日作于河南省南阳市。一生酷爱乒乓球这项运动，从少时瓦片为拍，桌凳为案，到光鲜赛场一展球技，乒乓球已成为我生命的组成部分，真的，已受益匪浅

国足之殇

千千万万次说不看国足

每次还是贱贱地点了过去

不说欧洲豪门

南美强旅

竟 30 年如一日,足不出户

输给战争频繁的伊拉克,叙利亚

输给小岛卡塔尔

输给美丽的香港

找不到遮羞布

在世界五分之一的人口中选秀

输

在全球足坛上聘教练

输

举世疑惑

天啊，是何故？

据传蹴鞠祖国在我

有足球先生高俅

连绵千年的根脉

一塌糊涂

是遗传中缺失生理因子

是训练时没有血汗的浇铸

是赛场上少了粉丝的山呼

是太极的图谱里找不到艺术

NO！NO！NO！

足球是意志的较量

需健儿如血地喷放

足球是教育的异化

从母亲胎盘

到大小课程

持续关注

呼唤教育狼性的回归

一盘散沙

弱不禁风

只能会长歌当哭

2017年3月于河南省南阳市。备受责难的中国男足的确令人同情,面对汹涌的质疑,作为教育人敏感地觉察到自己的责任。值得庆幸的是,国家认识到了问题的本质,提倡足球进校园。我相信这是国足振兴的开始

"飞花令"悟

原来平平常常的

汉字,竟如此有趣

原来平平常常的

成语,竟如此江湖

原来"道不得"的眼前景

"说不清"的心头情

竟都在古诗词里沉浮

原来诗与远方

并不在天涯海角

在窗棂读月中

在小桥流水里

在季节的拐弯处……

惊叹,感慨,自愧

梦醒,振奋,顿悟

课堂是我的阵地

诗是我的信念

根深蒂固

2017年4月28日观看CCTV"中国诗词大会"后如梦方醒。我们身在诗中不知诗，身在愁中不知愁。祖国文化的瑰宝——诗，是我们教育的根脉，传扬应从娃娃开始

恩

少时在坑塘里游泳

不知深浅

懵懂懵懂

塘边戏水的垂柳救了我

柳枝是我的生命

一个月明星稀的夜晚

我爬上年迈的枣树躲迷藏

邻家的狗叫惊袭了我

树下的草垛救了我

草儿是我的生命

操场上

我在单杠上翻越

不小心一头撞地

我失去了知觉

纤弱学生的呼叫救了我

学生是我的生命

再别说生养我的父老

再别说教导我的先生

再别说帮扶我的朋友

再别说相亲相爱的妻儿

一世无以言说的深情

花花绿绿的人生路上

一次不经意的躲让

一次擦肩而过的回眸

一次善意的提醒

都成为风景

一块石头没有绊倒看风景的我

一棵老树没有撞痛读画册的我

一个疯傻的兄弟没有把酒瓶甩在我的头上

风雨里来往的车辆从我身边缓缓走过
无法回报的感动

别去抱怨
我的亲人们
满世界都是咱的恩人
我们只有报以
真心的敬重

2013 年 7 月 15 日于河南省邓州市

第二辑　诗意万象

程传玺先生小像　丁酉年　建平

读玉

玉,大自然的精灵
一方一件意味无穷
你可以沉迷于她的姿色
领略她光滑细嫩的皮肤
水灵灵的眼睛

玉,高贵的美人
仅是内心深处十足的尊重
才可以佩戴
若是想要炫耀
玉不答应

玉,有缘地邂逅
风流在玉世界
不加珍惜
不如偶然得到
喜欢一生

玉,是为懂她的人而生

每个细节都恰到好处

沉甸甸,不轻佻

是一种责任

是一种包容

玉,有心跳、会呼吸

浑身处处湿润细腻

纵使仪态万方

不失君子之风

冷艳而热情

玉,有瑕疵之美

点点伤痕,浅裂,水线

那是时光流转中的艺术镌刻

是饱经风霜的智者

银花飘动

玉,是一个歌者

纤手轻扣

清脆悦耳，舒展清扬
没有一丝混沌嘈杂
其乐融融

玉，在璞玉时代
深闺密锁
即使不幸流落河道
也还保持冷静
一个装饰后的外壳
等待垂青

玉，其实是人的化身
冰清玉洁的内心
柔绵似水的本性
以刚的状态呈现
曼妙至极的风景

2012年8月6日在我的新书《传玺感悟教育·人生·亲情》发行仪式上，学生们说老师的名字中有玉……

东城根小学印象

闹市中,一个三角洲
像一叶小船,在喧嚣里飘荡
船头端座一位老者——
巴金爷爷的雕像
爷爷系着的红领巾——
像帆像旗像火,引领师生行走的方向

沿着孩子们稚嫩的童音
我们在狭窄的楼道里张望
仿佛走进森林,幽深而神秘
仿佛走进童话,欢乐的海洋
小小的楼房如一艘巨轮
容纳千军万马
惊讶于美女校长
纤纤玉手,竟能举起都城的重量

2017年3月19日访问成都东城根小学,
小而壮,让人多有想象

 教育意象

石室中学印象

枕着都江堰如玉碧水汹涌的涛声
石屋子这所历史最久的学校
在东汉动荡的岁月里诞生
相传石翁栽下的榕树
依然健在,翁翁郁郁,很是年轻
已长成不朽的模型

人们开始叹息
一个长盛不衰的故事
石室的古朴,石室的厚重
从这里走出的学子,才华出众
何其芳的多才
郭沫若的多情
周太玄的博学
李一氓的英勇
如今一个神话在这里诞生
骄人的战绩,巨大的成功

如今石室已成为教育的圣地

赢得无数热烈的掌声

2017年3月22日于四川成都

泉州聚龙学校印象

东海涛声溅湿过

满目翠绿的丘陵的梦想

连绵的梅雨

催生一个不灭的神话

聚龙——一个精神的图腾

一个清瘦的汉子

横刀勒马

他,龙马王子的余恺庶

"做人第一,习惯第二,成绩第三。"

实用、实际、新颖

一群孩子踩着下课铃声

鱼跃在如茵的草地上

路过的余校长被无数个孩子簇拥

鲜嫩的小手

童稚的呼唤

我——一个目击者

刹那感动

报告室,家长听专家讲座

放映厅,孩子在看电视

教室里,琴、棋、诗、书、画……

运动场上,奔跑跃动

一所不足三岁的学校

远近闻名

他们的特点——人性

2016 年 4 月 6 日于福建泉州

洛杉矶 ZHR 幼儿园印象

黑裔胖姐优雅地

舞动群裾

童稚的英音

热烈而飘逸

一尘不染的天空里

漫游着云霓

十几个童子,黑白相间

时而追逐

时而嬉戏

满屋尽是童话世界

幼儿的天地

放学了,轻轻的书包

背在小小的肩膀上

如燕翩翩在

柔柔的风里

2013年5月9日于美国洛杉矶

奥巴马小学印象

檀香山陈旧的火山傍
有一所小学呈现着夏威夷的风光
那是奥巴马的精神庄园
凝固着伟人的思想

亭亭玉立的椰子树
柔发似绸的散尾葵
沐海风,润细雨
深情地守望

一所没有围墙的小学校
奥巴马像一朵花
自由地开放
谁也不曾想到
一个黑黝黝的皮肤
闪亮世界

2013 年 5 月 12 日于美国夏威夷

旧金山华欣学校印象

"同志"街窄长的缝隙里

喋血的侨民

为苦难的孩子,开辟一条通道

幽长的路径边

大丽花张扬地开放

沿着浓郁的花香

我们惊讶于一所华人学校

没有讲台

师生围坐在莲花般的图谱上

一张张中华脸

荡漾着欢笑

已没有丧权辱国的委屈

他们沉迷于一种游戏

据说来源于祖国

庄周的蝶梦

盛唐的骄傲

我们开始踌躇

突兀于清脆童声——

China 你好!

China 我好!

2013 年 5 月 8 日于美国旧金山

布里斯班印象

乔治街，意大利风情

大街小巷座落哥德式的建筑

傍晚，华灯初上

舞女，橱窗里舒发春意

西装革履的男士开始豪赌

有沧桑的老者

海边优雅地慢步

有浪漫的情人

率真地回眸

更喜童子无序地街舞

乞讨的艺术家深情地演奏

念及家乡辅导班苦涩的少年

唉！我的娃娃们真苦

2011年11月17日于澳大利亚布里斯班

好莱坞印象

洛杉矶郊外的晚上

依山傍水的好莱坞

星光熠熠

有人说,走在这片区域

总能与名腕大牌不期而遇

这座梦工厂

打造多少华纳兄弟

踏着星光大道

我们审视

娱乐之都

奢华之都

创造之都

奥斯卡颁奖的老影院高贵而神秘

凝视大师卓别林的塑像

刻骨铭心的滑稽

脑海突兀闪出一道弧线

幽默，轻松一个民族

一方天际

可怜我的孩子们

沉重的书包，凝重的神情

艰难的步履

一座座笑的工厂

竟成牢狱

2013 年 5 月 10 日于美国好莱坞

| 139 | 第二辑　诗意万象

珍珠港随想

夏威夷瓦胡岛
我拜谒珍珠港
二战的故事
回响在太平洋

飞机、沉船的残骸
生动地再现
人性的堕落
兽性的疯狂

只有信风无罪
吹灭了活火山
吹绿了椰子树
吹倒了隔离墙
不计前嫌,舔血疗伤

2013年5月12日于美国夏威夷群岛

悉尼歌剧院随想

贝壳形屋顶下

是古典的玛雅文化

古拙的神庙

活脱脱刻划

大小的角落里弥散着艺术的气息

时尚得让人惊讶

我驻足在伊丽莎白二世

造访的地方

突发奇想

这篇旷世巨作需多少想象挥洒

远望洁白晶莹的建筑

我折服于她的奢华

叹为观止的美人

竟座落在悉尼湾碧波之上

艺术之舟

任凭风吹浪打

2011 年 11 月 19 日于澳大利亚悉尼

悉尼歌剧院随想
丁酉年夏月 尧平

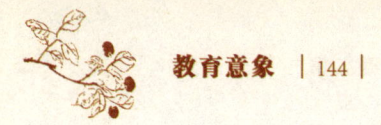

墨尔本随想

太平洋暖流

暖出墨尔本温性的文化

英式的习俗幻化出

活脱脱的生活

莫纳什大学没有围墙

没有校训

没有阻隔

似乎听到古老英囚的低吟

他们的幸运来源于过错

忽然想到美丽的祖国

我们追求完美

追求自由

追求超越

应从儿童开始

欣赏他们的功过

2011 年 11 月 22 日于澳大利亚墨尔本市

澳洲莫纳什大学印象

澳洲墨市做老外

大学课堂品教改

崇洋育人新模式

天堂神灵唤英才

天地浑然缘世界

金发碧眼乐开怀

顿怜俺家师生苦

终生追梦难醒来

2011 年冬游学澳大利亚

澳洲心之旅(一)

1

日行万里赴澳洲,太阳照明赏云雾
似山类水天作诗,浩瀚一画两半球
心驰神往五十年,周游列国学孔丘
忽觉海风轻抚面,空姐英语说着陆

2

库克发现新大陆,海盗精神满澳洲
百年历史故事短,合抱古树荫高楼
金发碧眼童子笑,英式绅士信步走
闲适悠悠赛神仙,怜我匆匆人生路

3

夜幕低垂海边坐,南极来风推碧波
海鸥展翅头上飞,菲利普岛等企鹅

企鹅一夫一妻制，哥哥出海妹管窝
联想翡翠世界里，忠贞爱情有几多

4

极目渺渺草纱帐，牛马硕硕见脊梁
冠木丛丛美人发，秀云连在远山上
夜幕低垂荫小镇，单眼相机颇失望
怜我家乡牛羊苦，囚室奶汁如泪淌

5

海鸥戏人落肩膀，信步如侣两相望
食宿波涛汹涌处，从容潇洒俏模样
据说寿命短如鸽，享乐主义坏思想
借问鸥仔何所依？群翅翩翩太平洋

6

澳国城市多雷同，楼房掩在树丛中
汤姆杰克满街走，金发碧眼高大重
皇家学院选儿媳，戴安娜妹也不行
车辆都是左边走，处处彰显英文明

7

布里斯班夜宁静，皓月穿云透窗棂
遥想挽妻牵儿时，风和日丽好心情
忽觉滴答雨敲楼，辗转反侧怨天明
同室旅友讪讪笑，齐骂海涛喧闹声

8

昆士兰州听幼教，联邦教授颇自豪
翻译潇洒玩双语，儿学雅思父叫好
穿窗极目北半球，长者划地孩入牢
凝望幼儿视频后，太平洋岸听波涛

9

一睹传说金海岸，五十公里黄沙滩
无际碧波吐白雪，东坡作词也为难
月光注目弄潮儿，鸥燕戏水舞翩翩
我等旱鸭尖声叫，天啊娘啊喊壮观

10

黄金海岸游人醉，无性人群同戏水
洋童鸥鸟逐浪花，逗乐鲸豚腾空飞

赤男裸女弄潮后,旁若无人沙做被
我辈万分诧异后,头枕涛声难入睡

11

鸸鹋袋鼠和考拉,澳洲国宝图腾画
考拉一月睡三周,脑子缺氧高血压
袋鼠多半好母亲,蹦蹦跳跳奶娃娃
更喜灵敏剪毛师,硕羊只需十几下

12

黄金海岸迪斯尼,如织游客寻新奇
圣诞树下取胜景,满街舞台如IT
车技表演似电影,过山车上喊刺激
最喜莫过沙滩上,千人共享日光浴

13

合抱之木荫小镇,留恋忘返牵人心
百年木屋今犹在,花团紧簇显精神
豪车宝马静静卧,勾起多多新郁闷
究竟人生为什么,服膺自然务求真
(注:写LEORA小镇)

14

悉尼就像植物园，举目尽是绿地毯
各种肤色洋娃娃，奥运村里竞勇敢
偶见婚礼PT上，时尚男女比浪漫
更羡优雅老人们，神态淡定享悠闲

15

数十海湾护悉尼，喧嚣涛声被婉拒
柔柔大洋轻抚岸，绵绵细沙金铺地
黄赌毒也晒太阳，同性恋人办婚礼
忽念世间慈母亲，包容天下众儿女

16

澳人生活节奏慢，老外悠悠享清闲
日晒屁股不起床，光照楼顶又下班
咖啡厅里面向海，一杯啤酒喝半天
据信浪漫悉尼人，莺歌燕舞享华年

17

圣玛利亚教堂边，曼妙海湾似梦幻
铁桥高高飘海上，游船悠悠展画卷
最属悉尼歌剧院，风情万种羞女仙

联想帕瓦洛蒂们,艺术殿堂舞翩跹

18
国人旅澳呈百态,大呼小叫现惊呆
咬紧牙关吃西餐,购物场里笑老外
对比手法写家乡,呜哩哇啦谈买卖
看看同胞劣根性,遮遮羞脸说乖乖

19
万米高空赏宇宙,星云与咱并肩走
俯瞰南澳新西兰,大洋茵茵岛如球
独步天下属太阳,上帝施恩泽万物
再看银翼翅膀里,小鸟悲壮歌春秋

澳洲心之旅(二)

1

澳洲成人优雅至极

昂首挺拔气魄至极

中老夫人温文尔雅高贵至极

年轻男女行为洒脱浪漫至极

孩童活泼自由精致至极

2

宁静的悉尼湾

安静的悉尼人

干净的悉尼街

雅致的澳大利亚

二百年前英国的囚犯

居然创造出具有西方文明的天堂世界

3

炎热的夏天

火热的澳人生活，吃生蔬，吞活鱼

茹毛饮血，崇尚自然

尊重原始，保护野性

让人觉得是虎狼备足食物后的

闲适，从容得可怕

4

悉尼是澳最大的城市

但高层建筑了了

绿树荫下遍是低矮的别墅

乡村与城市一样

质朴中透出压抑不住的高贵

第三辑 诗意生活

忆儿少时（组诗）

打针

咱家的自行车

驮着健康梦想出发

防和治的疼痛

伴随着你

看着儿子

你的那个愁

爸老叹气！

"阿姨，别打疼……"

稚嫩的童音挥之不去

有时为了和你闹笑

骑车重温昨天的故事

"妈呀，我不打针。"

"不打针，爸咋治你？"

笑声洒落一地！

戏水

湍河小绿洲上

一汪汪清水

闪着霞光

那是父子解闷的地方

穿开裆裤的儿子

滑稽地投掷

逗乐了垂钓的爷爷

回家的路上,你想让爸抱

我说,到前面那棵树再说

无奈前面的树儿太多

吾儿无可奈何

背抱肩扛

你在爸爸的脖上骑着

一会哭一会闹

坏孩子一个!

华山之惊

奇峻的山峰烟云缭绕

如织的游人在仙雾里出没

我手指牵引四岁的儿子

攀爬,跨越,跳跃

爸妈气喘如牛

儿子脸蛋似桃

云开雾散的中午

你走失了

山谷回响着焦急地呼叫

万丈悬崖边找到

平静如水的你

你说,我想看看鸟儿能不能飞过

那一大片云朵

我一把抱起换牙的儿子

满脸胡须,扎疼了你

你说,爸有泪光闪烁

生长疼

一到星星点灯

你老喊着腿疼

爸妈轮换揉搓

直到你入梦

一个小马驹

不知疲倦地奔腾

医生说:

这是生命在拔节

不是病

家里的小黑板

家里的小黑板是儿子的课堂

老爸只是抄上唯美的文章

只求你路过时小小的一瞥

就像对美景自然地张望

小黑板伴你整个童年

老爸的心智也全部用上

都说你是个小小作家

爸爸的小烟斗

闪着红光

给你(一)

我徒步跨越山川

飞鸟说你在峰巅

我向突兀的山上翘望

你向我一闪一闪

顾不上荆丛热烈的缱绻

顾不上溪流深意的缠绵

在野花汹涌的芳香里

我热情地顾盼

一个悬崖边,我喋血了

天旋地转

你,天降美人

乌云飘散

1990年7月4日作于河南省邓州市,发表于1991年第4期《奔流》

| 163 | 第三辑　诗意生活

给你（二）

露，闪着透明的歌声

打湿小村的黎明

你一身素装，走向田野

浸泡着鸡鸣

一个大学生的回归

报答久违的田径

娇俏的身影

肩扛着药桶

我惊喜于一种神奇

是谁打造了你的品行

一排秋雁掠过

晚霞喷红

发表于1992年4月27日《南阳日报》

给你（三）

春意融融，尽是一种气息
单调的绿给我些许压抑
敏感的我
放牧于碧青的原野
田野里，我寻觅一种慰藉

呵，那一片黄澄澄的油菜花
我发现了独一无二的你
修长的身材
只有几片绿叶陪依
没有招蜂引蝶
你高傲而随意

我，不知所措于你的美丽
当我回过神来
你曼妙于花丛里

青春

像一本纪念册

记载着成长的岁月里

美好的时光

有青涩的鲜果记忆

有初长成人的喜乐哀伤

当我们迈过儿时的门坎

青春的地界显得苍凉

酸苦与痛楚

盲从与迷茫

我们痛着成长

青春是一段绚烂的年华

有喜不自胜的期许,

有难以言表的怅望

从丑小鸭到白天鹅的蜕变

从躲避嘲笑到落落大方

从无知的孩童变成羞涩的少女

从孤单的阴暗奔向阳光

这条弯弯曲曲的路

通向何方?

从踟蹰不前到跌跌撞撞

从兴高采烈到遍体鳞伤

像小草倾盆大雨后的破土而出

像小鸟飘摇不定后的自由飞翔

不懂,犯傻,倔强,痴狂

我们害怕孤单

渴望朋友

我们小鹿萌动

渴望爱情

青涩的圣女果

美丽地坠落

我们开始绝望

青春是人生旺盛的季节

一切都是美好

寄望每一个蓓蕾

都热情地绽放

1988年农历八月初六,为我26周岁而作。

发表于2000年第10期《穰原》

朋友

一棵树和另一棵树的对话
一朵云和另一朵云的交融
根的相连
魂的相聚
一起荡起双桨
摇响共鸣
汇成温润的歌曲

披头散发尽情地诉说
一个无尾的故事
没有鲜花的陪伴
依然欢愉
纵是严冬
一片春意

可如泣如诉

可放声高歌

可怒目相向

可别致相遇

必要时可壮士断腕

刮骨疗毒

也可以长久地静默

不离不弃

是最后一个港湾

枕着怜惜沉睡

度过沧桑岁月

时刻铭记

2016年秋于河南省南阳市

爱

爱是一种宗教

我们秉持忠贞的信念

爱是生命的烙印

刻在每个人的心田

有的人在爱里绽放

有的人在爱里沉沦

我用生命谱写

爱的诗篇

爱很美很甜

最美的年华相遇

最美丽的人

人生无憾

爱是相濡以沫

没齿相望

爱是相忘江湖

不复重还

爱很苦,是一种

咫尺天涯的痛楚

爱很忧伤,千疮百孔

风花雪月,细水流年

爱是一场心灵之约

赴饕餮大宴

直至夜幕降临

共赏九泉

爱是补丁

修葺漏洞百出的命运

爱是一句承诺

终身兑现

爱情是一场豪赌

不能只秀脸蛋

爱的词典里

只有惦念

放不下

忘不了

走不出

一辈子的视线

爱需要轰轰烈烈

需要浅吟低唱

需要铁牙钢板

沉淀，过滤，平淡

爱是热情的火把，照亮

彼此心里最美的地方

爱是浓浓的咖啡

与苦共生淡淡的甘甜

爱是把对方看作孩子
没玩没了地心疼
爱是把对方看作父母
无休无止地挂念

爱是没有逻辑的哲学
光怪陆离又色彩斑斓
彼此分享的过程
纵是剧痛也乐于分担

爱有一对睿智的眼睛
时而模糊
时而犀利
洞悉彼此的斑斓与荒诞

爱是幻想的姐妹
一边果实累累
一边鲜花烂漫
一边漫不经心
一边深刻思恋

爱是童话世界

你追我赶,你疲我打

你哭我喊

甚至互相伤害

泪雨瀑面

爱是一束霞光

披上它,光芒四射

纵使伤痕累累

也是风光无限

爱是生命的节律

听到心灵撞击的声响

爱是忠诚,爱是奉献

爱的奔腾,无法阻拦

爱是鸳鸯戏水

爱是并蒂莲花

爱是琴瑟和谐

爱是汩汩流泉

爱是火焰
能把孤独烧成灰烬
它照亮狭隘、封闭和愚昧
把激情点燃

有爱
花月静好
抚心香一瓣
细细享受

有爱
如异性探险
不经意的惊喜
轻烟弥漫

爱是一个永不生锈的故事
从创造到经营
生生不息

诗是爱盛大的开始

哲学是爱的无奈的晚宴

让我们静静地凝视、守候

直到渺远

2017年3月9日于河南省南阳市

清明节祭祖母

天气潮湿
一瓶清酒,祭洒我的祖母
我的祖母亲
没有饥饿,我吮吸您的乳头
干瘪而又甜蜜

一个月色朦胧的夜晚
我等待远归的祖母
幼年的无知延续到沉睡
我被一阵凶猛的异香吵醒
那是一口西瓜的美意

祖母的故事总是恐怖
狼外婆布满黑夜
您的腋窝,暖暖
直到晨曦

我刚强的祖母

我的祖母亲

当我被月光召唤

是您牵引着我的记忆

如今，你沉眠于九泉之下

我承载着您的教诲：

娃儿啊！

你坐小宝车儿

可不许傲气！

我跪在您和爷爷安息的地方

清明节，下着雨

2014年4月3日于河南省邓州市

给父亲

你的一只眼睛失明了
源自一场误诊
一片荒芜的年代
凝固你的精神

你赤脚行走在乡村路上
成为一名医生
风里雨里,你望闻问切
小小药箱藏匿乡亲的希望
一双巧手解除患者的厄运

有一天你病倒在泥水里
田间的老牛停止了耕耘
月明星稀的夜晚
被惊慌的哭叫唤醒
你为难产的村妇

带来了清晨

父亲,你寡言少语
我学会了沉默
你乐善好施
我学会了勤奋
如今,你已至耄耋之年
双目朦胧
你说你什么都能看见
全世界都是你的恩人

2016 年 3 月 14 日探视父亲

岳父印象

你从草原来
有一双鹰隼的眼睛
世事洞明
童气未消,你因果敢
捍卫农人的尊严
饥荒年代
你用智慧
扼住贫穷

豪迈狂饮三百杯
田间地头论英雄
一个泥腿子干部
振奋千万民众

都说你是一个皇帝
只用咳嗽说话

教育意象

一个眼神

天摇地动

大到国事翻天

小到邻里小闹

你干咳几声

风平浪静

如今,你已不能言语

病榻前鲜花簇簇

解说你的指令

我故犯一点小小的错误

审视你的反应

柔和又深邃

目光炯炯

岳父大人,我敬爱的父亲

是你缔造了我们的幸福

你引领一群英雄儿女,披荆斩棘

走出沟壑

走出蒙昧

走进文明

我把心灵最美的一束花儿

献给你

为你祝福

向你致敬

2017 年 3 月 26 日岳父再度住院

教育意象 | 186

致儿子

圆月如洗

我眺望夜空

有一颗星光闪烁

一定是英吉利

白金汉宫有一片绿地

古典的小楼里

都是神秘

我看到威武的士兵

守护着你

你的头发黑而乱

满脸都是胡须

没有领结,没有西装革履

没有童年的神气

你说是被莎士比亚的故事倾倒的

英格兰的哲学

爱尔兰的风情

苏格兰的习俗

所沉迷

我开始幻想一群金发碧眼的

孩子

爱上美丽的中国

你带上他们

展示华人的豪气

2015 年 10 月 17 日作后发往英国伦敦 UCL 大学的微信

深刻

重感情难免会脆弱

成熟的标志是认识自我

如果有了天赋的方向

野心和虚荣就被阻隔

没有完美，别遗憾

孩子，宽容就是解脱

狭窄通向无边的隧道

无需永远的深刻

博大的深刻不避肤浅

走出深刻

迈向坦荡

心灵不竭

2017年3月24日与远在英伦的儿子程赞讨论对深刻的认识

沉默

沉默是沉甸甸的谷穗
以无法驳倒的论断
强调成熟
沉默如雄浑的青山
沉稳的身姿
无言的演说

父爱是沉默的
用以阻隔单薄的距离
恋爱以沉默来表达
所表示的爱最多

沉默是一种充实
厚重得不须用语言
真正的歌手能唱出人们
心中的落寞

任言论波涛喧哗

我们内心的深处

永远需静默

每一个故事都有一个灿烂如花的开始

而结尾都会是静静地思索

沉默是一种留守尊严的形式

是适度中庸的选择

拒绝搔首弄姿，故作姿态

沉默是一种境界

是心灵诗意的栖居

是流浪的思想

沉淀出无声的歌

沉默是一种智慧

一种魅力

一种含蓄

一种力量

一种气质

一种风度

更是一种深刻

一种美德

2015年3月24日看电视剧《人民的正义》有感。我再次验证一个惊人的发现,凡在喧闹中保持沉默的都是那个场合的高人

幽默

天堂里没有幽默
它是智慧开出的花朵
有分寸地展现风趣
柔软地面对坎坷

它在哪里
哪里就会轻松
纵使黯然神伤
也能喜形于色

人生苦短
何必恶语相向
化干戈为玉帛
从容不迫

它,不会让人沉闷

单调枯燥和僵硬

变得生动、丰富

变得温暖、润泽

幽默是高雅的存在

端庄而自信

滑稽是小丑

庸俗是浅薄

人因幽默而变得有趣

可以会心一笑

可以略加思索

酿造无穷快乐

幽默是一种高贵的素养

它覆盖人生的冰冷与残酷

巧妙地躲过痛苦与无奈

留下轻松与温热

如果，每个人都拥有这一品格

人不分贵贱

友不分厚薄

清亮亮,忍俊不禁的世界

2014 年 10 月 3 日于澳门

闲适

别将生命的弦绷得太紧

留一份闲适给自己

不是慵懒

不是虚掷

是在诗意、禅意和茶的

飘逸里

屏蔽喧嚣与逼仄

我们走得太匆忙

几乎忘却了要去哪里

因背负过重

几乎忽略了情趣

别总纠结于恩恩怨怨

名利得失

树努力了自然结果

水走累了湖中歇息

如春天绿丫儿冒出
心灵需要舒展
筑一座自己的教堂
让灵魂安息

创意往往在轻松时萌动
灵性的开发
理性的顿悟
不期而遇

女士们，先生们，孩子们
上帝给我们神秘的宇宙
给我们感知的器官
就是让我们
从容地撷取
享受生命的悸动
聆听内心的低语

留一份闲适给自己吧

亲人们

蓦然回首的追怀中

领略人生的意义

2016 年 12 月 7 日于河南省郑州市河南饭店

禅思

一花一草一菩提
一笔一笑一心语
流年无恙,浮世清欢
尚需些许禅意

偶尔回忆
冷暖自知
岸边浮华已过去
何不静品浅藏
享受满足

听岁月浅吟低唱
别总魂牵梦绕
感恩鸟语花香
任云卷云舒
优雅地进取

随心，随性，随缘
纳清风入怀
托诗歌为梦
简简单单
归去来兮

笑看人间生死别离
来来去去犹如潮汐
缘来缘去终是一梦
争来争去只有放弃
珍惜现在，不必叹息

2009年深秋游学西藏，见雪山空灵，湖水如玉，虔诚的信徒的行为举止再次触动我敏感的神经

象棋人生

黑的一方是人
红的一方是生活
黑红双方不停演绎着
美好的折磨

须有敢于拼搏的勇气
要得虎子
深入虎穴
机会难以再得

棋风就是人格
要有精密的计算
举棋间
视野开阔

大局意识,沉着应对

里应外合

赢在合作

必要时舍车保帅

挺身而出，关键时马卧中心

忠心保国

不轻看渺小的兵卒

晚景里一剑封喉

有时将帅出击

可抵御铁马冰河

自古以来楚河汉界

经纬分明

进攻往往是最好的阻隔

你怕什么

战场上还要怜惜前线的勇士

韬光养晦乃是不错的选择

能战则战

当守则守

能和则和

切不可过早
暴露心迹
一盘棋思维
运筹帷幄

怕就怕执子时举棋不定
优柔寡断
或盲目奔袭
残遭蹉跎

兵来将挡
水来土掩
谁怕谁呀
到头来推盘认输
铸成大错
最悔不小心遇到
马后炮
左右无助
痛失城郭

可恨巧遇外行观戏

为拨一筹

声嘶力竭

望残局，难以诉说

不下棋难以长大

入棋局乃自讨苦乐

谁料想瘾君子乐此不疲

为求一胜，披星戴月

象棋是祖先遗留的瑰宝

方寸间尽是人间哲学

悄悄告诉俺的小哥

快快品尝一盘仙果

2013年8月10日于河南省南阳市。本人一生喜好多多，但多不精，对中国象棋情有独钟，一杯茶，一盘棋，一个自己的角隅，在棋语人生里，参悟人生，其乐无穷。

慢之美

你可记得龟兔赛跑的故事吗
龟可是个可爱的兄弟
慢也是速度
一样丈量成功的分数
就如教育
慢是艺术

一蹴而就固然爽快
古树参天
胜过荣枯小草
越季小麦,胜过玉米三收

贝多芬一生莫过命运交响
曹雪芹终不过红楼情愫
普雅花百年才开放一次
都是慢的缘故

孩子是灵性的动物

生命的故事需缓缓倾诉

如若忽视生长的节律

揠苗助长，欲速不达

处处酸楚

教育是等待

苗儿静静地成长

教师只需默默的守护

若把校园视作竞技场

我们的孩子只是动物

人生只是一场曼妙的游戏

一块一块堆成思想的积木

疲于奔命地跨越

都是残忍的催熟

教育是静听花儿开的声音

点点滴滴

绘成美丽的图画

分分秒秒

记载着生命的厚度

2017年4月2日清理教师有偿辅导活动后作。面对如火如荼的辅导班,大家都很愁。孩子被迫地"机械化",与教育方针相悖的现象必须遏制。

羞之美

"窗外小梅羞涩"
"只将羞涩当风流"
花艳尚须绿叶护
赤裸裸
那堪回首?

羞是最美的人性
娇柔到绿肥红瘦
尊前不敢香
内敛不显露
低眉顺眼间
美不胜收

羞涩是一种良知
难以倾诉的控制
羞涩是内心深处的涵养
对他人最真切的尊重

人在羞涩时总是美丽

那是花开的前奏

适可而止，恰到好处

因为有羞涩的百花

万物含苞待放

羞涩是一种敬畏

对大自然诚恳地叹服

若你站在高山之巅

或面对壮阔大海

举臂傲啸

真是个蠢物

请保留羞涩吧

孩子们

满世界的奇迹无言

我们只配娇羞

2016年12月17日作。一个时期以来，一些人"三观"褪色，祖国传统美德惨遭遗弃。男盗女娼，寡廉鲜耻，赤裸裸暴露人性的弱点，不禁黯然。

悯之美

"温婉的怜恤来叩门
坚厚的铁门也开放"
莎翁的良言
暖如春阳

怜悯是春暖花开
启蒙孱弱的种子
冷漠是三九严冬
冰封人性的善良

面对贫困,残害,杀戮
视而不见
面对残疾,忧伤,枯萎
冷若冰霜
何以为人?
动物一样

教育是孵人性善美之地

葬花垂泪

鸟鸣伤心

视宇宙万物为爹娘

同情弱小

捍卫生命

珍视美好

树强者形象

心中有一个上帝

那就是悲怜生灵的苦难

筑一座教堂

驻无限风光

2017年5月4日下乡扶贫活动后作。面对孱弱与苦难熟视无睹、冷漠麻木甚至为富不仁、欺凌愚弄弱小的现象,本人极为不屑。吁请社会同情,怜惜底层民众。如今"扶贫"工程启动,鼓舞人心啊!

痛之美

每到傍晚
上小学的儿子老喊着腿疼
轻轻地按摩加一些故事
才慢慢睡着

星星还缀在天上
闹钟还在读秒
儿子鱼跃而起,我要上学!
小马驹,一路高歌

儿子是一棵秧苗
正在拔节
痛,和成长联袂而生
没有痛的陪伴
就没有快乐

深刻的痛是人生伟大的导师

教人学会爱和感恩

如母亲分娩时的低吟

气壮山河!

有多少剧烈的痛

就有多少人生的悟

可以高调抒发对爱的理解

可以隐忍,含泪诉说

相信万物都有疼痛

地动山摇表达爱情似火

抽芽,破土,绽放

修剪,纺织,制作

痛,就会重生

痛啊,好痛,纯美的感觉!

无病呻吟不是痛

强装笑颜不是快乐

不知痛是一种愚钝

痛啊，好痛，我的老天爷爷！

通则不痛，痛则不通
疏浚河道，理顺脉络
让痛凝固成记忆
升华为人生的哲学

2017年1月5日作。目前，矫情、矫饰之风日盛；小病大养，无病呻吟者众多。呼吁人间真诚在，善良大过所有品行

退之美

知进退是人生最大的哲学
向上,向好,向前
积极进取成为主流的歌
人们斜视
退隐,退让,退守
退的含义被任意解说

我们钦羡冲锋陷阵的勇士
纵尸横遍野
毫无胜算
绝不退缩

我们也为识时务的俊杰
鼓与呼
青山依旧在
夕阳无限好

满园的春光不退

群山的绿意不减

花儿不谢

哪来挂果?

钱塘的潮起

来源于果敢的潮退

只进不退

哪有壮阔?

陶渊明修篱种菊

归隐宁静

留白于无数英雄

气壮山河

退是一种来自内心的自信

你先走一步

我才能通过

拥堵,碰撞,血拼

匹夫一个
退是一种高深的修养
禅让给智者
借贤能
了却心中的寄托

退是一种睿智
高不可攀为何攀高
望洋兴叹为何漂泊
做明智的选择

退是一种境界
是积聚能量时的隐忍
是饱满到极致的沉默
他们知道：火花绚烂后剩下什么

退是一种勇敢
跳高，跳远，投掷
衔接爆发

退出硕果

逃避，无能，懦弱
常被诟病
退可以宽容示人
可喜可贺

2017 年 3 月 19 日于河南省邓州市

失望是残缺的希望

要铭记在心
每一天都是一生中最好的日子
要想没有阴影
我们面向阳光

希望是肥胖的鸟儿
叽叽喳喳
它说,远处风景独好
直到有气无力
才尝到失望

其实,失望只是残缺
是希望的一部分
弯月如船,载万般风情
断臂雕塑,勾无数想象

任何残缺都是一种美丽

花儿凋零,孕育种子

鸟儿折翅,休整疗伤

人儿伤心,催人成长!

2017 年 2 月 2 日于河南省南阳市

李镇西印象

武侯办公的地方

李镇西手握粉笔

舞动在刀光剑影里

一个诗人的理想

浪漫而正统

从政,早做高官

经商,早成富翁

而他,经营一个精神的家园

不虚妄、不矫情

一个个故事如玉

连缀成珠联璧合的图像

一个圣人,神情如塑

诙谐而庄重

他是一座思想的宝库

神秘又自然

他是一汪潭水

深邃又透明

我们开始想：

归隐的李老师

心系何处？

还有许多个爱他的人

何去何从？

2017年3月22日于四川省成都市武侯区教育研究院再听当今教育名家李镇西老师报告

陈铎印象

初见你是在电视上
如泣如诉地朗诵《话说长江》
时而缓缓流泻
时而浩浩荡荡

再见你是在我的家乡
余光中的《乡愁》
萦绕在剧场
眼前是清浅的海峡
波光粼粼闪着泪光

紧握您的手,就像握住
鹤发童颜的仙人
儒雅、温和、内敛
面前一个巨大的气场

人们都称你为陈老师
满世界都是你的学生
您所到的每个地方
都是你的课堂

字正腔圆字字是珠玑
潇洒举止处处是风光
呼请我的伙伴
塑成师者形象

2007年12月25日与中央电视台著名节目主持人陈铎老师偶遇

| 227 | 第三辑　诗意生活

成尚荣印象

"对待孩子的尊严
要像对待玫瑰花上的露珠一样"
怎样的爱啊
小心翼翼地欣赏
孩子的丰满

没有正襟危坐
您游走在学员中间
像一只蝴蝶,聆听
鲜花的语言

没有引经据典
您娓娓道出教师的追求
精神灿烂阐释了
春意的内涵

您笑称自己是 70 后

满头银发，谈笑间

博雅从容，旁征博引

气象万千

从不讳言自己的身份

您干遍了学校所有的活儿

一个草根专家

永远站在儿童一边

心有良知璞玉

笔下道德文章

您为天下教师发出铿锵声音

呵护教师，誉满教坛

2016 年 8 月 2 日在苏州大学听国家督学成尚荣老先生的"沙龙"式讲座，感触颇深

肖川印象

心目中你是伟岸的英雄

诗韵袅袅

温润教育的山峰

苍翠欲滴的意境里

出没着智慧、勇敢与坚定

不可多得的风景

你把教育弄成诗

为学生封神

使僵硬的模式不再冰冷

瘦弱的身躯

锁不住率性地呼喊

拒绝戕害

拒绝蛊惑

拒绝禁锢

舒展人性

肖川，我的偶像

你是教坛大腕儿

你把教育描绘成人间美景

其乐无穷

眼前你只是一个

其貌不扬的小哥

放浪形骸又儒雅文静

你的思想如泉

流光溢彩

教师们当经典传唱

奉若神明

我在心灵的深处找你

我在诗与教育的转弯处找你

我在满世界的风景里找你

肖川老师

你陪伴我走出困惑、煎熬和浮躁

找到一个巨大的宝库

那里有我的同伴、亲人和孩子们

他们在挖掘,在拓展

在创造崭新的教育

学子受益,镀亮人生

2007年10月17日请肖川博士为河南邓州全市校长做报告,两天的接触让我感受到肖川老师的更多层面。他的文章就是用诗作成的,给我以极大的启迪

念启功

"我没有大学文凭,只是一个中学生"

一个巨匠诚恳地道出了不幸

没有学院派的框框束缚

无法之法

学贯西东

谦和与幽默有口皆碑

超越学界集大成

平仄长竿论诗词曲赋

骈文、韵文、散文著述颇丰

无意之乎者也,烘托国学功底

告诉学子不必洗耳恭听

没有架子,从不正襟危坐

一个好好先生

你是古典诗坛上的文学泰斗

功力深厚，风格鲜明

先生书法笔秀神清

洛阳纸贵，举世推崇

挥毫泼墨，白描如神

寥寥数笔，哲意禅境

如今先生驾鹤仙去

一代宗师青史留名

2005年6月30日惊悉启功先生逝世而作

启功

念启功
丁酉年夏月
楚凤堂、克平
挥汗写之

遭遇孙悟空

遭遇"孙悟空"

我初做孩子王时

您是"美猴王"

一根金箍棒

降妖除魔,七十二变

引无数少年如痴如狂

敢问路在何方

大师兄美名远扬

问北欧友人中国有谁

答曰:孙悟空和秦始皇

原只道双馨艺人

古都一见眼睛一亮

眉目传情,口吐莲花

大话《西游》神采飞扬

谢幕时再现雄姿

红衣俊男

舞文弄棒

龄童形象

走下神坛—谦谦君子

举手投足素朴安祥

啊，猴哥儿

教师的模样！

2015年3月11日在河南省洛阳市与六小龄童老师有一面之缘，听完他的《西游记》与国文教育讲座后，合影留念

彭丽媛的《父老乡亲》

媛姐圆润的音色

描绘出根的雄浑

悠扬而舒缓地流泻

爱的声音

谁没有没齿不忘的家乡情怀

谁没有恩深似海的父老乡亲

歌者哽咽

听者揪心

激起心灵的振颤

荡起思想的共鸣

无数次回放

意犹未尽

谐和地伴音

深情地演绎

仿佛梦回故乡

与父老团聚

震撼于沉郁又高亢的呼喊

惊讶于如泣如诉的词语

荡气回肠

感天动地

谁还能忘家乡的父老

谁还能忘甜美的乳汁

亮丽的歌喉

美妙的旋律

固化了我的记忆

2009年再听彭丽媛歌曲《父老乡亲》

李谷一的《牧羊曲》

少林寺武僧悲壮的故事

没有打动我

古老的功夫,残烈的场景

没有打动我

小溪潺潺,羊儿咩咩

汇成一首动人的歌曲

清丽的乐音,氤氲弥漫

袅袅娜娜,丝丝缕缕

牧羊姑娘手中的鞭儿

是一支牧笛

伴奏出李谷一绝美的乐音

我开始相信音乐的美好,

汩汩如泉,挥之不去

1999年10月17日重温电影《少林寺》有感

李娜的《青藏高原》

天籁之音在高原嘹亮地唱响

委婉而清丽

总以为李娜是一位藏族的美女

纤柔的声音,由平缓到湍急

陡峭而高亢

由低到高,形如云梯

雪山,草原,梦幻

呀拉索,那就是青藏高原

高原人的祈盼、眷恋和庄严

一览无余

一首短短的小曲

一咏三叹一个民族的呼唤

连绵起伏的音韵

描绘出高原的旷远和豪气

2010年7月3日再赏李娜《青藏高原》

听阿炳二胡曲《二泉映月》

跪下来倾听

中国的贝多芬

命运的交响

月光似水,静影沉璧

淙淙的流水萦绕在耳旁

我听到了深沉地叹息

　　伤心地哭泣

　　激愤地倾诉

那是把积淀已久的呐喊

倾吐给茫茫月夜

颤抖的指缝间

流水,月光,音符

犹如山泉从幽谷中蜿蜒而来

缓缓流淌

旋律升腾跌宕,步步高昂

是对命运的抗争啊

一个盲人

已经看到美丽的风光

舒缓而又起伏

恬静而又激荡

美丽的家乡

幻化出琴声

定格成不朽的乐章

2010年3月15日在无锡阿炳故居参观,耳边总是缭绕着耳熟能详的美妙乐章,二胡独奏曲《二泉映月》已载入世界名曲,值得世代传诵

"听阿炳二胡曲《二泉映月》"

央视《中华诗词大会》有感

流光溢彩的舞台

激情四射

我的诗心在搏动

一个被激活的程序,如河奔涌

流出古老的夯歌

流出辞赋

流出唐宋元明的诗魂

流出千年不变的儒韵仙风

泱泱中华,纵使铁马冰河

也会诗梦呓语

我们的先祖们

刀耕火种,也不忘吟咏

这个宝藏沉睡着

我们庆幸,央视
以黄钟大吕的声响传诵
诗词,开始振聋发聩
举国聚焦,目光炯炯

2017 年 5 月 18 日作

舞蹈《千手观音》观后

世界以多姿多彩

呈现风光

每一种形态尽情绽放

教师是生命的受托者

功德无量

当孩子受孕于母体

传承的因子各不相同

小小的人儿

行走于天地

千姿百态

龙凤呈祥

请求父母及每位师者

切莫用一个模式

打造思想

人在比较中产生痛苦

让孩子沿着自然的

方向行走

身心愉悦,正直善良

还须强壮肌肉

劈波斩浪

用虎的声音低吟

学狼的精神坚强

可怜天生"问题"童子

有的暗无天日

有的折戟沉沙

有的无声无息

无尽的忧伤

我们的责任是耐心的呵护

从孩子的肢体里寻找光芒

摒弃自私与狭隘

腾出足够的空间

让每一颗心都有处安放

教师是上帝派出的使者
孩子是上帝恩赐的爱的对象
让我们苦命的孩子
活出精彩的模样
不落一个，人人闪光

2014年春节再看聋哑女孩演出的《千手观音》。由残疾孩子表演的舞蹈，感动无数人。她们的背后，她们的未来也令人担心。但愿社会对她们多一些爱心，使这些可爱可怜的孩子们都能过上好的生活

姚绍唐印象

寒冬,一个矍铄的老人

溘然长逝,墓碑前

一棵幼柏讲述

姚老的故事

童稚未消,你在战争的硝烟里穿行

家乡的教育成为你一生的宏志

一个百万人口的大县

文盲过半,刀耕火种,一片贫瘠

受命于危难,你为教育领航

含泪奔走于一片狼藉

办农校、教文化、学科技

光秃秃的村寨冒出新绿

举目苍凉的乡村校舍

泥桌土凳

您愁肠百结于残垣破壁
有钱出钱,有力出力
你拿出全部的积蓄

创造性,兴办师资培训班
拾遗弃人才
造豪华阵容
兴教育园地

耄耋之年你献计献策
决胜千里,一生受教
殚精竭虑,终生不移
姚老啊,老伯,愿你安息!

2016年深秋于姚老仙逝。姚绍唐走完他90岁的人生,留下一个教育传奇。他担任一个人口大县的教育局长30多年,其"三苦三乐"的教育思想及"普及、育人、无盲县和人才强县"的人生奋斗目标,成为邓州教育人宝贵的精神财富。

葬花

庄严的礼堂
凝重的气氛
先逝者冰凉的躯体
构成悲凄的天地

呜咽的唢呐
和着炸响的鞭炮
鲜花簇簇
挽联缭绕
送别亲人故去

明天,朋友
你以青云的姿态腾飞
留下你的故事
你的人品
你的点点滴滴

我们归顺于一种仪规

向你致以真切的祝愿

你默不作声,神色安然

仿佛是戏

一个绕不过去的路

人们假装很远

猝然地回眸

你,我

都成为过去

何必矫情于红尘滚滚

死亡,是恒久的话题

活着,就拼命地努力

别指望有一个

不老的上帝

2017年4月20日球友彭建先猝然长逝于山间小路。惊撼之余,若有所见。主持其葬礼,内心巨浪翻滚。运动室里,老彭哥的器物余温尚存,睹物思人,不觉潸然

邓州,俺的母亲

邓国侯血脉偾张
一个图腾描述一个故国
春秋没有寂寞
延续争霸的世界

不损楚汉的豪气
一群铁血男儿在伏牛山下
奔走
一路高歌

直到残阳如血
肥沃的土壤
孕育中原文化
脉脉不竭

看我雄关构林

荫荫如诉

看我湍河不息

如咽诉说

还有涓涓刁水

温润婉约

有时荡气回肠

如诗如歌

杏山低垂

可悟青山峻岭

灵山沉睡

无须刻意着墨

我有百读不厌的炎黄家书

孔孟颜曾程朱理学

人文情怀

如水如火

遥望丹水如碧

如今已曼妙入京

交通如织

绘就现代网络

红薯从根到秧

芝麻从叶到果

母亲巧手

成为绝唱

永不褪色

将军戏水处

诗人摸螃蟹

蛙声如潮

难以忘却

古衙沧桑

胡辣汤氤氲缭绕

酥脆的油条

成甜美折磨

有一家澡堂
是春节的记忆
赤条条的爷们
更新了轮廓

闹市的拐角
镶嵌着一间书店
一架架书,一本本画册
衬出满脸羞涩

更喜理发的阿姨
白衣飘飘
快刀利剪
勾勒人间春色

沧海桑田

人们只用手机对话

高楼大厦

难掩相思苦涩

如今　母亲健在

纵使华发如染

步履蹒跚

仍坚韧矍铄

邓州，我的母亲

从来你都是

那样温厚

时时刻刻

2014年3月17日

花洲书院印象

春风堂下红香满
便是邓州文运起
范公种竹一千年
古城东南
花洲霖雨

俯瞰书院相迹
宫阙万间
连廊串珠
风水宝地

讲堂内孩童席地而坐
先生教鞭柔软
戒尺犀利
宁静而严肃

览秀亭与藏书楼阁

深情瞭望

一个浪漫

一个含蓄

康熙大帝毕洪荒之力

挥毫范公名句

忧与乐

进与退

精神不老

古今唏嘘

如今游人如织

品匝《岳阳楼记》

古老花洲

焕发勃勃生机

2015 年夏，再赏花洲胜迹

致慢慢老去的自己

爷爷是古井边的一棵老树
我枕着他苍劲的根
做出抽芽的动作
奶奶干瘪的乳头
润泽我甜甜的梦

顺着没完没了的雨水
我蝌蚪般离开母亲
踏火车的节奏
漂向北方
仿佛一夜间
我有了蛙的歌喉

伴着饥饿丛生的岁月
我发现我变成一只狼

恶狠狠的啃噬

满脸的牛皮癣

顽固地阻碍着青春豆

当蜡烛开始流泪,我

穿过夜

穿过煎熬

与久违的期待会面

我感觉自己是一棵树

不再瘦弱

茂密的叶子是俺的头发

与风共舞

我开始爱上夜

黑色的幽默

温暖焦躁又冰冷的内心

自卑开始融化

浇灌,滋润我

不竭的生命

战斗着

在水泥钢筋的丛林里
我触摸到了童年遗落的幻想
在爱情的旁边
我竟成为一颗星星
微弱的光
普照笑脸
往前走,据说
有一条幽深隧道
人人必须经过
我不再责怪荒漠和苦难
都是俺的哥们儿
陪伴即恩典

我想成为一小汪水儿
请兄弟们渴饮
能绿一棵小草也行
万不得已亦可幻化为一朵云儿

在高处

浪漫地欣赏爱我的人们

不见不散

我知道,或许有一大块时间

在日月的空间里

嘻皮笑脸地诱惑我

我会认真地感谢,努力

缝补漏洞百出的人生

以佛的姿态

走向渺远

2017年6月24日新书《教育意象》
出版前夜

给未来的孙子

孙子,我从你爸的童话里

听到了你天籁之音

无与伦比的

清新

男孩?女子?

都是神的化身

当然漂亮,你

有光鲜的基因

目前,你的妈妈还在找寻

我的儿子,一个漂泊的

诗人

我想那个刻骨铭心的时刻

一定会如期而至

就像你美丽的祖母

以巨大的痛苦

诞生你幸运的父亲

爷爷已华发如染

一生无成

贫困的行囊里

只有悔恨、天真与幸运

匆忙的日子

片片荒芜

混沌的生活

处处单纯

但上帝奖给我一个个惊喜

满世界都是爷爷的恩人

我想,你一定不会拒绝爷爷的拥抱

我发誓那里四季如春

爷爷的胡子里长满故事

爷爷的纽扣上闪着神奇

举起你

可以走进满天繁星

拉上你

能听到花开的声音

你可要护好神给的眼睛

偌大的世界

等你了万年

从不改神韵

别学你那不听话的爹

瓶底般的眼镜

过滤的尽是悔恨

破万卷书

行万里路

你爷可管不了

我只求你健康快乐

天天精神

有一个传家宝，你爸会讲给你听
　　真诚做事

　　善良为人
　　　琴棋诗书画
　　　仁义礼智信
留住老祖宗那
不朽的根
纵使你穿行于金发碧眼
普世的价值
人性的光芒
辉耀咱地球小村

有朝一日，你长成俊俏大树
我会在你的绿荫下乘凉
无数只鸟儿与你伴唱
周边的花儿送着芬芳
和着小酒清茶
我和你奶奶，以幸福的模样
享受夕阳黄昏

2015 年农历八月初六，53 岁
生日突发奇想

附1：

读程赞的两首诗有感

程赞是我的儿子，少时父子同案为友，读书，说笑，玩乐，构成些许美好的故事。受我的害，本来文理兼备的他，选学了文科，这成为我长久的痛。好在他学理科的母亲遗传给他许多逻辑思维的基因，他才勉强成为健全的人。但也有值得欣慰的地方，他在欧洲读书五六年，视野开阔了，很有些国际范儿，有些见解颇有特点。特别是在文学理论方面的思考不觉让老父刮目。我读过他发表的一些论文，像模像样，既有西洋文化的洒脱，又有中国古典文化的根脉，西装革履装着中国心。

近日读他的诗作，很感诧异。他的现代，他的时尚，他的浪漫，与我的传统、固执和呆板形成强烈的反差。这是我感到兴奋的事。今拿出他的两首诗，向诸君作以汇报。

青春无畏，青春丰富，青春多姿多彩。异域的青春生活和父子的代际差异，在诗歌中表露无疑。随

性洒脱的孩子,面对异域生活的文化差异,那《不适之地》,自信到说"Je suis beau"——"我很美丽"。永恒的光芒照耀轻松而略带调侃地尘世,爱、憧憬、期待与理想,略带羞涩继而忘情的舞蹈,世界上所有的舞蹈,此时跳起来,在四季里,在时光里,在生命里,舞姿美而狂放到令人窒息。象征、暗示、通感,处理上的变形、拼贴、借用、夸张、嬉皮和怪诞,现代的技巧扑面而来,这是另一种生命的状态和风景。哦,年轻的生命,拥有诗意的年轻生命,真好!

附程赞诗二首:

《差 1 度,到 2000》

盛夏

你张开嘴

用力的笑

回头望我

长发铺陈在

2000 度色温的阳光里

我手抬,轻响

定格在

瞬息万变中

你轻轻跳动着

手中拎着那本揉过的

《不适之地》

嘴上念着刚刚学会的一句

Je suis beau

问我随笔的结尾是否满意

我做作的拿捏出大叔笑

不语

裙子太长

我解下领带

束住你三分之一的裙摆

你扯下领结

将它悬挂在我衬衫纽扣的拐角

拎着裙子，挽着我

我挽着透明雨伞

我说

你去尝试最新的 No.5 Perfume

你说

不了，放进薰衣草足够

一阵高转速马达的轰鸣

擦肩而过

你半开玩笑的说

那是你的梦想

我说

能被风吹走的不算

"And the light is forever"

人群的笑脸

像是高速摄影的慢放

我们听不到其他的声响

也并非刻意的伪装

脚下

一阵慌乱

睁开眼

弯腰捡起

一辆崭新的玩具车

系好围裙

你的表情没变

捏起碎布

和领结的颜色如出一辙

你

笑的时候

嘴角上扬的幅度小了

我

不用拿捏的也彻底的

拥有了大叔笑

窗外打进一束光

急忙

拿出测光器

色温

刚刚好

差1度

到2000

《纯白》

一片白

我挣扎着眼

看不清窗外

阳光享受过了人们的宠溺

才心甘情愿的弥漫进来

白色连衣裙被扬起

向左飘去

飘得人心神不宁

窗帘像是脱线的幕布

在风的鼓动下

极富侵略性的向屋内猛扣

你失措的捂住裙摆

就快要跌倒

舞鞋上的纽扣在闪光

你顺着倒下的方向

踮起脚尖

平衡身体

给了我一个漂亮的"阿拉贝斯"

窗台上蹲着你养的黑猫

谜一样的姿态

宝蓝色的领结

跳在黑白键上

我以光速冲到你面前

手背后向你鞠礼

你却一刻也等不了

轻拍我的肩膀

蛮腰前倾

脚下已开始交叉旋转

我挥舞着臂膀

皮鞋敲打出月步

你灵巧纤细的双腿

舞动着

是柔顺的麦浪

是划下的琴弦

是震荡的水纹

是上行的热空气

是飘散的蒲公英

时而

又

像是勇士的满弓

像是挺拔的旗杆

像是迸发的极光

你挥汗如雨

是长发的小白兔

我只能看到你钻漾的双眸

我只能听到你热烈的心跳

我只能嗅到你清新的体香

我想赶超你的节奏

拼了命

去找寻

脑海里的一切舞姿

去年夏天的弗拉明戈

那年冬天的华尔兹

春天的探戈

秋天的木卡姆

少年时的霹雳舞

甚至儿时

邻家姐姐的恰恰恰

我来不及思考

我来不及停顿

我甚至来不及呼吸

你越转越快

我越踢越响

餐桌上的红酒激荡着

烛台上的火焰飘摇着

舞步下的地板响动着

我手中

你的脸

颤抖着

一片纯白尽情的将我们埋没

不留下任何筋骨和轮廓

附 2：

诗的教育　教育的诗

宋小涛

很有幸能在第一时间读到《教育意象》书稿，很感谢程局长能寄我以信任，让我对稿子进行一审编辑。我既非大家，又非专业诗人，但受程局长"重托"，觉得责任在肩，势若千钧。不能辜负领导的厚望，更不能辜负作者的心血，基于二者，我伏案研读，夜以继日。谁知道，这一读，竟让我沉浸其中，忘却劳累，刹那间体验到了先睹之快和愉悦之感。若用一句话来概括这本书，我以为：百余篇作品，是诗的教育，是教育的诗。

作为一名教育工作者，程局长也是从一名普通教师、从最基础的教学一线成长起来的。我从程局长教过的一名学生处获知，他教语文追求诗意的课堂，语言，节奏，情感，每节课都声情并茂，具有穿透力和震撼力。学生们迄今清楚记得 20 多年前程老师课堂上朗读《十里长街送总理》一文时，师生一起泪飞课堂的情景。在他的影响下，不少学生已成为作家和

文化名人。在走上领导岗位之后,程局长诗意教育的本色不减。作为主管教师培训的副局长,他每年都要亲自为广大教师作数十场报告。每次报告,他都脱稿即兴发挥,讲教师职业幸福,讲教师尊严,讲教师专业成长。他声音激越,沉郁有力,既像是在演讲,又俨然在朗诵诗篇,给人留下深刻的印象。再看看《教育意象》书稿中,他把参加教研会的感悟写成诗,他把听课的感受写成诗,他把参观考察的过程写成诗,他把游学经历写成诗。这就是一位教育工作者诗的追求,诗的教育。

这些都是关于教育的诗。"诗意教坛"囊括了所有的教育符号。他歌唱教师,写尽教师之美。写意,素描,师美,师说,师魂……诗人全方位、多角度捕捉教师美丽的瞬间,歌颂教师的可贵、高贵。他描绘校园之美、课堂之美,"课堂是我的宇宙啊,孩子是俺的星星。"这首发表于1984年《诗潮》的作品记录了诗人几十年的追求。他赞颂孩子,歌唱童心,写下儿童诗,"桌上的小圆镜,偷回颗太阳"充满无限童趣。更可贵的是作为教育系统的领导,诗人对教育有着深刻的思考,他关注应试教育,他担忧村校发展,他关心教师健康,他倡导爱的教育,他呼吁"童年是孩子

的蓝天白云，纯洁的底色一望无际。我们是成熟的画师，拒绝涂鸦，拒绝污渍。"几乎所有关于教育的问题，都能在这些教育的诗中，找到诗意的解答。

如果说"诗意教坛"这一部分是对教育的专业化表达，那"诗意万象""诗意生活"两部分则是对教育更灵活、更灵性的表达。在"诗意万象"中，看到向日葵，他想到"乐观的种子，拼命地抽芽，拒绝遮蔽，拒绝灰暗。"看到蝴蝶，他想到"每个孩子都是一只虫蛹，咱的责任是点化生命。"看到国足，他发出"呼唤教育狼性的回归"的呐喊。到好莱坞，他感慨"可怜我的孩子们，沉重的书包，凝重的神情，艰难的步履。"到墨尔本，他想到"应从儿童开始，欣赏他们的功过。"在记录人生的"诗意生活"部分，无论是亲人、友人、故人、名人的印象，还是对沉默、幽默等人生思考，也无不融有教育者的思辩和感悟。他赞颂六小龄童："啊，猴哥儿，教师的模样！"他看《千手观音》感叹："教师是上帝派出的使者，孩子是上帝恩赐的爱的对象。"毋庸赘言，我们可以郑重地说，这本书中的诗，是教育的诗。

有人是教育家，有人是诗人，而我所知道的既为教育家又是诗人的并不多。之前，我仅知道冰心，

她的《寄小读者》闪耀教育的智慧，她的诗句"成功的花，人们只惊羡她现时的明艳！然而当初她的芽儿，浸透了奋斗的泪泉，洒遍了牺牲的血雨"至今成为人们的励志名言。后来从程局长处又知道了北京师范大学的肖川教授，用诗写文章，也是一位把教育和诗融为一体的大家。——然而，在我的面前，程局长也是这样一位"鱼和熊掌二者可以得兼"的大家。他追求诗的教育，他记录教育的诗。这不禁让人思考：他是如何做到的？

他有诗的情结。"我不敢亵渎诗的名字，诗是我的神。"在前文的自序中，程局长如是说。从他的经历中可以看到，幼小时期他就对艺术比较敏感，上师范时已背诵积累了大量唐诗宋词元曲等名篇。从教后，几十年订阅诗歌类刊物，如饥似渴，百看不厌。与此同时，他一边工作一边创作，有感即发，竟有万首诗歌习作的积累。在审阅《教育意象》时，我的案头放着的书稿的清样和程局长的手稿。那手稿都是他在工作、学习、考察之余，随笔而记，随心而抒的体会、感悟，或几小句，或一大篇，全是心绪的倾泄，全是诗意的流淌。

他有睿智的思考。了解程局长的人都知道，他

是一个善于思考的人，沉稳大气，浓眉大眼，眉宇间透露着智慧。他经常思考教育，思考亲情，思考人生，并不断地记下读书笔记，2012年程局长出版了他的第一部作品《传玺感悟教育·人生·亲情》，近23万字的语录体作品，论教育，论学校，论读书，论生活，论做事……河南省南阳师范学院文学院教授聂振弢先生评价说："一段话一个意思，串起来就是一个思想；既简单明快，又丰富多彩。"正是有睿智的思考，所以程局长才会在每一个场合，每一次活动，每一个瞬间，抒发出独到的见解，生动的表达。

他有勤奋的习惯。据程局长自己介绍，读书、摘抄、写文章已成为他的一种习惯，他曾为自己的读书立下规矩：每日必读，读书必录。有一个情节让我赞叹不已，今年4月初，因为申报职业技术学院，那几天我有幸与程局长工作在一起，第一天下午，他突然让我给他找一个本子。找来本子，我们还在诧异，程局长已拿起笔，开始在本子上书写，时而眉头紧锁，时而举目窗外，不一会儿功夫，他停了下来。高兴地给我们说："我写了一首诗，念给你们听听。"那几天，工作之余，也没见他一点空闲，要么在思考，要么在创作。如此勤奋，真的让我们佩服！

他有务实的态度。程局长主抓教师培训,他曾创下了"梯级培训""校本培训"和"教师点菜,名师下厨,送教上门,研训一体"等一系列全省知名甚至叫响全国的教师培训模式。在"校本培训"中,他号召全市教师写读书笔记,自己也率先垂范,《传玺感悟教育·人生·亲情》正是他教育笔记的结晶。而现在这本《教育意象》正是笔记之后的教育反思,是对笔记的一种深化和升华。

他有生活的情趣。在这本诗集中,程局长多次提到"幽默"二字,并且有一篇题目就叫"幽默",他说,幽默是智慧开出的花朵,幽默是高雅的存在,幽默是一种高贵的素养。和程局长在一起,你有时会有一种敬畏的感觉,但他不时也会妙语如珠地给你来上一个小幽默,让你缓解紧张的气氛。王国维说:"一切景语皆情语。"正是有幽默这一连串的情趣,他才会热爱生活的点点滴滴,发现生活中的花草、鸟虫、象棋、乒乓、茶的意韵,并变成诗歌中的意象,甚至连慢、羞、悯、痛、退这类人欲远之的感受在他的笔下,也流淌着美。

难怪,集众多优点于一身的程局长能结出一个又一个硕果。读过他的书你也会明白,这些著作是他

从事教育、致力读书、执著创作 30 余年孜孜以求的丰厚积淀与厚积薄发。作为教育行政领导，能在公务之余整理心情思绪，能在百忙之中保持精神追求，能在喧嚣之中独守心灵家园，这足以值得我们每一个人学习。

尤其是之于我来说，作为一个后生，论学识，论修为，论境界，和程局长比起来，远远无法企及。然而，程局长却在他的《传玺感悟教育·人生·亲情》中称我为"好友"，并且把《教育意象》的第一稿审阅交给了我，他说："你该咋改就咋改，我相信你会用心，我很放心。"如此大气，如此谦逊，不也是教育家的一种诗意风范吗？不也是真正诗人所呈现出的一种高远境界吗？如此，我们对诗的教育和教育的诗当会有更丰富的理解。

2017 年 5 月

宋小涛　河南省邓州市诗词学会会员

附3:

教育与诗歌"嫁接"的异卉

翟文杰

上个世纪八十年代中后期,我刚刚走上教育岗位,因为教语文学科,爱好舞文弄墨,就听说都司镇的程传玺老师爱好文学,爱好诗歌写作,且多才多艺。已故诗友王永柱当时在刘集镇任教,也多次对我提到程传玺老师。我知道传玺老师长我几岁,是兄长,当时虽未谋面,因为文字,便有神交。后来,程传玺老师因为自己的教学实绩和管理才干,出任教育局科室领导,乃至副局长。因为工作的关系,我们也经常见面了,但我从不愿在他面前谈论文学,谈论诗歌。一是因为我认为自己在创作上并不突出,有点自卑;二是我想当然地认为,当年的青年教师程传玺已经是河南省邓州市教育主管部门的主要领导,哪有时间和兴趣还坚持诗歌创作,为"小计"而"雕虫"呢?

谁知,竟是出人意料。前几天,程局长特意见我,一见面,就拿出厚厚一大叠诗歌的打印稿,一百余首。我吃了一惊,三十多年过去了,公务繁忙的管理者,

年轻时代的诗歌之神还在他的心中高高地举着燃烧的火把!这真让我感动不已。此时我才知道,三十多年来,他不但保持着这个"高雅"的爱好,大量阅读,勤于钻研,边工作边创作,有感而发,林林总总竟有诗歌作品万首之多。现在呈现在我面前的一百余首作品只是其中极小的一部分。他在诗歌创作上的勤奋热情可见一斑,令我自叹弗如!

程局长对待创作是极其严谨的。我揣度,他选出的一百余首诗歌作品,从诗歌艺术的角度看,也许不是他最好的作品。因为他更多的是从内容方面来考量选择篇什,汲求对自己的教育同道有所帮助,对教育事业有所贡献,而不为纯粹诗意的无病呻吟。他自言,早年的习作,或少年轻狂,或青春浮躁,或幼稚浅陋,那些抒情之作,因为"羞涩"的缘故,而决不敢拿出。因此,年岁已长的他,这次首先呈现给我们的是对他钟爱一生的教育的诗意思考。这真是一件令人高兴的事,因为就我的阅读视野而言,未见"教育"与"诗歌"的巧妙"嫁接"。

当青春痴爱的"诗歌梦",遇到了中年沉思的"教育梦",他变得有更多的话要说,两个梦想相交叉、相碰撞、相融合,交叉出了新的品类——"教育意象",

碰撞出了灵感的火花,交融出了哲思和诗意并存的华章。用他的话说就是"用诗的形式和语言表达对教育的理解",这让我不由自主想到教育先贤陶行知的诗歌。这真是诗歌的幸事,更是教育的幸事。

传玺局长说,他对教育钟爱一生,因此,在《教育意象》中,他呈现给的我们的意象是如此之丰美,"十月怀胎的母亲""舒缓的乐章""嗷嗷待哺的孩子",当你翻开本书的第一辑第一首诗篇,深情美丽的意象就扑面而来,而沉淀在意象背后的思索,是对大教育整体的认知思索,乃至对学校、对教师、对课堂、对孩子、对为人父母者、对美好而自由的童年被禁锢、对教育的方式和时机的把握,思索涵盖教育的方方面面,思索之深邃,令人叹服!

一个眼神,一次抚摸,一声干咳
每个细节都是暗示
一行板书,一点掌声,一个拇指
每个行动都是鼓励

教育是涓涓细流
温润敏感的神经
教育是汹涌的激情

唱大江东去!

教育是深海取宝,高山滑雪
虎穴探子
教育是培养勇敢者的游戏
一往无前,战天斗地!

从这些温婉而又铿锵的诗句中,一个教育者向我们走来,一个富有诗意的教育者站在我们面前。可以说,程局长在思索教育的时候,向我们描绘出了一位理想的教师形象,就像《教师素描》中——

匀称的身材亭亭玉立
明眉皓齿
面目红润
西装革履
一言语,一投足
风度优雅
落落大方
自然得体
待诗书浸润
经岁月磨砺

心有丘壑

散贵族气息

他笔下的教师，健康、优雅、高贵、得体，被诗书浸润"腹有诗书气自华"，被岁月磨砺"梅花香自苦寒来"，这绅士风度、儒雅通达，不仅仅是他为我们描绘的理想中的教师形象，同样是他几十年来孜孜追求的个人修为的目标。他是这样描绘的，也是这样追求的，这正是他的个人魅力之所在。他——我们可敬的程传玺局长就是这样的一位师者、诗者、智者！

三十多年来，他在这里耕耘挥汗，三十多年来，他在这里浇灌希望，三十多年来，他在这里收获硕果。在我们看来，平平淡淡的日子，《教育意象》里却有着岁月丰富的内涵；在我们看来，普普通通的日子，《教育意象》里却有着面对鲜活的生命、如何让生命之花绽放得更加绚烂的深深思索、痛感与诘问。

对教育的深情，使他看教育无处不在，处处皆教育。在自然中觉悟教育，在亲情中体悟教育，在异国他乡的游学和参观名校中比悟教育，在与名家名师的交往中谈悟教育。可以说，在程局长眼中心中，教

育即人生,人生即教育。因为诗歌,他的教坛、他的自然万象、他的生活变得那么有诗意!大胆的思索,丰富的想象,纷繁的意象,铺排出哲思的铿锵有力、掷地有声。当然,有思索,就有欣喜,但也少不了忧思,面对教育粗暴和溺爱时,让他又如此痛心!因此,如果你觉得某些诗歌作品中,一些句子细节、诗意不足或流于哲理警句化,读起来"理胜于辞",那也许就是他,对教育爱之切,急迫倾诉而打磨不足所致。瑕不掩瑜,毕竟这一切的一切都凝聚他的心血和期待。

可以说,他让我们站得更高,看得更远;追随《教育意象》在教育这条漫漫长路上,我们才能更好地一路思索、前行和追寻。因此,作为一名同行,作为一位诗友,我要感谢程传玺局长给为师者、爱诗者奉献出《教育意象》这样的闪耀碰撞的火花、酝酿而出的美酒、跨界嫁接的异卉。

2017 年 5 月 13 日

翟文杰 男,汉族,1967 年生,河南邓州人,教师,知名网络诗人,河南省实力诗人。曾有作品入选《大爱无疆——我们与汶川在一起》《河南诗歌 2009 卷》《河南诗歌 2011 年选》等

附 4：

借得大江千斛水，研为翰墨颂师恩

宣金莱

老师出书，颇有感触，彷徨月余，无从落笔。越是至亲的人越不愿轻易动笔，生怕码出来瘦骨嶙峋的文字表抒不达亲人间的真情实感。反复研读老师发来的诗稿，仿佛穿越时空，又回到了我们曾经走过的青葱岁月。

我与老师的交集始于八十年代初期，在故乡豫西南的偏僻小镇都司，那里是我们人生的第一次会面。那时他是我们的语文老师兼教音乐，他的那首金色音质的《雨花石》，就像一块小小的石头，至今还深深的埋在我们那几代学生们的记忆之中。

每天的语文课前他总要收拾一新，衣服笔挺，头发一丝不乱，后来才知道，那是他对教师这个角色充满敬畏，不敢有丝毫的亵渎。他的课声情并茂、栩栩如生，不少学生因为他的课喜欢上了语文，喜欢上了写作。他对语文的解读为我们打开了一扇通往另外一

个五彩斑斓世界的门。那时的我们认为,老师是世界上知识最渊博的人。

老师留给我们最深刻的记忆就是拍摄他的录像课《事事关心》。全县教师讲课评比,老师获了最高奖。县里要把他的课拍摄成录像供全县师生学习,作为他的学生,我们第一次登上荧屏,这在那个连电视都很难看到的时代,着实让我们激动不已。也是从那时开始,我们那群乡下孩子开始和他一起撇上了普通话,话虽然有点蹩脚,但在后来的一些场合居然派上了用场。至今每每和同学谈及此,自豪都填满胸膛。

其实,当时老师比我们中的有些同学仅大几岁,同是农家出身,他对我们这些学生给予了更多的理解和关怀。那个时代,饥饿我们的不仅有思想还有我们的身体。他经常用微薄的工资,尽一切可能为一些面临辍学的学生提供帮助。他时常告诫鼓励我们,只有读书才会有出路。

我初中毕业后,老师调进了教育局。每隔几周,我总要去他的办公室见见他。生活、思想上解不开的困惑总爱说给他听。1993年我在全国中学生征文比赛中获一等奖,赢得了去北戴河参加全国中学生文学夏令营的资格。但家庭拮据,拿不出来往的车费,我

决定放弃这次机会。

老师知道后捎信让我进城找他。这是一个开阔你眼界的机会,钱不够有我,他说。怀揣一百五十元钱,走出老师办公室,我泪眼婆娑。也是那年,我当选为第七届全国中学生文学夏令营营长,在北戴河认识了许多过去只能在书刊上见到的全国知名作家、诗人,他们在写作上的指点让我终身受益,直到今天我和他们还保持着紧密的联系。

高考失利后,我准备和村里的同龄人去南方打工。老师知道消息后,骑着自行车急急忙忙赶到家里,劝我和父母,希望能继续求学。

今天在南阳这个不大的城市里,在敲击这些文字的瞬间,我的脑海里还在回味着老师当年那句话:"人生面临着无数的岔路口,选择每个不同的路口,将面临着截然不同的人生。"我想,当初如果不是选择继续读书,也许今天我还在南方的某个城市继续打工,会成为一个老板、土豪,也或许会回到故乡的土地上辛苦劳作,如果那样,我的内心世界,绝不会像此刻的我这般丰富充盈。

多年后我才知道,和我一样幸运的还有我的很多同学。刘建川、谢少平……他们也一直受到着老师

物质和精神上的帮扶。去年老师去白银出差,在那里见到了他的学生刘吉文,刘吉文同学用最高的礼仪和方式接待老师,在微信里将相聚场面发了出去,一下引得好多同学的"嫉妒"。好几个当年的学生,当场打电话给老师,希望老师有机会到他所在的城市去玩。那晚,老师醉了,他打电话和我说,这辈子做老师,值了!

老师十八岁开始从事教育工作,至今已近四十个年头。从一个偏僻的乡村语文教师到今天的教育行政领导,他的视线一直没有离开教育。老师是个勤奋、细心的人,读书、记录、写作是他每天生活必不可少的部分,他把对人生的感悟、对教育的思考,全部用文字记述了下来。也还有人说他是演说家,在教育会议上、在教师培训课堂上他那渊博的知识,诗歌一样的语言、智慧幽默的演讲,赢得了无数次的掌声。如果没有平时的积累,不可能有这么多随口而出的经典。

老师一直钟情于教育。四十余年的教育工作,无论是一线教学还是教育行政工作,他都乐此不疲,从无怠倦之感。学生取得了成绩,他欣慰地笑了,笑在脸上,含蓄在声调里;邓州教育取得了成绩,他笑了,

高兴在爽朗的笑声里，深藏在每一根如银的白发里，隐含在眼角深深的皱纹里。酒酣之时，细说起邓州教育取得的成绩，他的眼里噙着泪水；谈论起当前中国教育存在的一些弊端，他更像一个诗人，慷慨激昂，滔滔不绝。

在他的眼里，教师是美是善的，无论认识不认识，只要到他的办公室去，他没有一点架子，卑谦得像个学生。他说，一线老师辛苦，我得尊重他们，没有他们就没有邓州教育的今天和未来。这些年来，他从事师训工作，邓州市教育系统"梯级培训"、"教师点菜，名师下厨，送教上门，研训一体"等一系列的先进师训典型，在全省乃至全国赫赫有名。他说，跟不上时代的步伐，教不好孩子是时代的罪人，管不好老师，搞不好教育是邓州人民的罪人！这是一个诗人多么深厚的教育情怀！

老师喜欢文学，以前他用微薄的工资和稿费订阅《诗刊》《星星》《少年文艺》和我们一起共同阅读，他的住室就是我们的阅览室。如今生活条件好了，他依然坚持着自己的爱好和追求，多年如一日。好的作品让他如醉如痴，百看不厌，文学的滋养潜移默化中给了他更多的诗意灵感和想象空间，他的诗歌创作和

教育教学工作取得这么多的硕果,文学功不可没。

这些年来,繁忙的教育行政工作并没有耽误老师对文学的追随,无论多忙,他诗歌的创作一直从未有间断。讲话稿上、摘抄本上、手机短信上、微博微信上到处都是他涂鸦的地方。人生感悟、世间情暖、教育教学,在他笔下皆成经典,粗略算来已万首有余,但内容大多是对现代教育的思考。

今天,老师把他这些年来埋在泥土里的玉石一一拾起,雕琢成一枚枚精美的艺术品呈于读者面前,让我们感受到一个诗人的教育情怀,一个教育工作者对教育的诗意思考,一个语文教师的执着艺术追求。

这些年来,他从老师、科长到局长,无论身份如何变换,他的教育情结始终没变;这些年来,他从青年、中年到满头华发,无论岁月如何变幻,我对他的称呼始终如一。

三十余年的风雨携程,从读书到工作,从娶妻生子到年逾不惑,老师一直指导和帮助着我,在他面前我永远是那么稚嫩和弱小。

和他的每次谈话聊天,有过他和风细雨的谆谆安慰和鼓励,也有过暴风雷霆的严厉批评和教导,但我从来没有懊恼记恨过。

他醉了的时候说,你是我的学生,也是这辈子我最信赖的朋友;我醉了的时候说,这一辈子,能有你这个良师益友在关键的时候指引着,是我一生的最大幸福和骄傲。

他出生在六十年代的初期,我出生在六十年代的末期,但他是老师,我是学生。三十年前是,现在是,将来还是。

他,就是我的恩师程传玺老师。

2017年6月6日

宣金菜　男,河南省邓州市人,九十年代中国知名校园作家,作品刊发于《中国青年报》《中国质量万里行》等,曾担任《躬耕》杂志编辑、《文苑》杂志副总编辑,现供职于南阳市委统战部

附5:

时光的色彩

廖华歌

辗转数日,当程传玺先生的诗集《教育意象》终于到我手上时,我惊喜万分,激动不已——这之前,我从未见过哪位诗人如此大规模地畅写"教育诗",而且随着阅读的深入,这些激情洋溢、绚丽多彩的诗是那样具有吸附力和深度审美,它们以其特有的气味、色彩、呼吸、风骨、韵致、层境,令人如获至宝,爱不释手,既想一口气读完,又不忍太过奢侈,唯愿慢慢享用,尽可能延展那种细品深味的欢欣和快乐!这样的阅读快感已经很久不曾有过了,感谢《教育意象》使我重新找回这丢失已久的美好体验,为此我深觉无比欣幸,特向《教育意象》致敬!

几年前的一个周日,我在南阳的街头正随便走着,完全无备中,忽然就和传玺相遇了,那真的是忽然得如梦如幻!经与他一起的友人介绍,我们相握,彼此都因如此的巧遇而大为感慨,他一句"是邂逅",

令我顿时有惊世骇俗之感,心下暗叹,自愧弗如,钦佩宾服之意弥漫。我深知,没有深厚学养和横溢才华的人,是不可能即时这么准确、机敏、明慧、达意地脱口说出这一词语的。也是这次,传玺的挺拔、内敛、清雅、高致、悠远、玉树临风……连同他口吐的那个"邂逅",让我永远铭记下了。

虽然至今我也只是与传玺匆匆一面,但因着一种很特殊的机缘,我自认还是对他有所了解的。我知道他从小就生长在一个艺术之家,深受艺术氛围的熏陶,他的艺术资赋所来有之,诗歌的大树自然就根深叶茂。我知道他长期从事基础教育教学实践与研究,是河南省教师教育专家,省作家协会青年诗歌协会会员,邓州教育的一位优秀领导者。我知道此前他已编著《中原教育新风》《教师风采录》《传玺感悟:教育·人生·亲情》等多部书籍,颇受读者好评。我知道这部《教育意象》甫一出版,就"洛阳纸贵",深得人们喜爱。我更知道,只要他愿意,他随时都有条件有机会完全可以离开邓州,离开教育,到一个更大的城市去生活和工作,而这一切是那么自然而然,根本不用他劳神费心,就能安安稳稳坐享其成,可是,他却没有为之心动。他是那样钟情和挚爱教育事业,他关心的是人

类本身,是生命的品格和质量,是这个世界的温度与静美,他要为千百万成长的心灵抒情,他要担当要忠诚要献身教育事业,要让邓州那千年文脉在当今和以后更加光芒四射!他的领导说,这人特阳光正派,学识、品行、能力俱佳,是不可多得的才俊;他的同事们说,他呀,一门心思为教育,对教育始终抱有至爱敬畏之心;他的学生们说,程老师的课一直很受欢迎,他是把心交给我们的好老师;他的朋友们说,看到他就自然会想起桃花的红,那红,是用心血染出来的……一直以来,他传之以心,授之以意,切问近思,而资所学,以施于世。

毫无疑问,《教育意象》是一部可以常读久品的枕边之书。读这本诗集,使我油然想起美国诗人罗伯特·弗洛斯特的诗句:"林中有两条小路/我当时选择了行人寥落的那条/结果造成多大的差别……"传玺先生也正是如此,他用诗笔诗心专事教育之诗,这是在逃离浮华,逼己走险,行进在一条行人寥落的小路上。然而最为可贵的是,一直豪情满怀、执着追求的他,异常清醒,明知艰险,却没有犹豫,没有退却,而是义无反顾地挑战自我,向艰险突围,最终也正是这条行人寥落的小路成全了他,也成全了我们的期

待,使《教育意象》以其思想的高度、思考的深度、诗意的浓度,成为独特的"这一本",从某种意义上说,具有填补空白之功。

"风从山岗上下来/马兰花突然全部站了起来",这是一位诗人的句子。我想说《教育意象》里的每首诗都以站立的方式,思想帖服于生命的本质,人性的本源,以爱和美,以哲思理悟,以教书育人的神圣,以明媚温情的暖意,以对未来的美好憧憬和畅想,以方阵般向我走来,那简洁而深意的表达,透射着对生活和生命的体悟与思考,具有很繁复的承载。读着它们,我立刻被一种强大的诗意的力量所拥围,所裹挟,进入宽广深邃的意境。

尼采说:一切文学,余爱以血书者。爱是生命的原动力。热爱生活、挚爱教育、对尘世万物永存感恩之心的传玺,以一颗无尘的文心,以真善美为光源,用心写,用血熬,使诗歌凸显出不可多得的生活质感和生命的痛并快乐感,他用力、用情、用心,诗歌是他心血的结晶,灵魂的花朵,时光的色彩。在他笔下,无论是晨风微雨夕照,还是春花秋草顽石,皆有灵性,无一不是充满智性神性的有情物,而这一切全都是因教育而缘起,他在着力追寻人生的诗意,喜

爱并赞颂一切明亮美好的事物，相信诗歌的星空能给人的心灵以温润的抚慰。在他心中，"每一个孩子都是 / 与众不同的花蕾 / 只有美丽的天使才可慧眼识别 / 内心的秘密……""恐惧是我们的人生态度 / 教育需要小心翼翼""校园…… / 嘭嘭拔节的生命 / 回响着迷人的音律""你的眼睛 / 是两颗星星 / 潜在的天真 / 点燃了我的童梦""孩子 / 你是我的上帝……"在他眼里，一节课、一杯奶、一束花儿、一草一木、一沙一石、一言语一投足、甚至观看一场演出和参加一次教研会等，都诗意氤氲，即便是身在国外考察学习，也心系祖国教育，而诗是他最好的呈示。他是诗意的栖居者，更是诗意的创造者，厚厚的日子因诗而令人格外珍惜，格外感受到具体的幸福，当然也因之而格外具有襟怀、气度、操守和责任感。他和他的学生之间远不只是传道、授业、解惑的知识传承，而是心与心、灵魂与灵魂的相知相通和相融。教育是他的全部，他是在用教育捍卫生命，用生命书写教育之诗……

乌申斯基说：完善的教育可能使人类的身体的、智力的和道德的力量得到广泛的发挥。人情的通透，人性的幽微，辩证的思考，睿智的思想，丰沛的情感，典雅的诗句，阳刚之气与阴柔之美……这一切都完美融汇在《教育意象》里，是诗人笔端多方位的生动呈现，是心灵之意的自然流淌。它唤起已逝岁月里我们那童稚而美好的回忆，诗也便生出了穿越时空飞翔的翅膀。我们读诗集，就是在读诗人的心，在对这颗真诚、明洁、博大、内蕴、爱意深深的心的品读中，终于明白红桃是怎么开的，芳草是怎么绿的，时光的色彩是如何斑斓灿然、照亮人们的心灵的！

　　世界上最优秀的艺术家也永远都在路上。只要有诗和远方，五光十色的生活就能升起，空间与时间就会亮起来，就有群山的连绵和大地的宽广，时间的河流上就永远千帆竞过、万花芬芳……传玺先生是一个永远充满奋斗意识、永远再出发的人，他从未停止过自己的思考和追求，一直喜欢不断向自我挑战的他，正在向着更高的艺术之境行进，我们有理由相信，前方必将是万紫千红又一全新而独好的风景……

　　廖华歌　河南省作协副主席，中国散文学会理事，河南省散文学会副会长，享受国务院特殊津贴专家，南阳市文联主席

附6:

寻找诗意的栖息地
——程传玺诗集《教育意象》评析

万年春

19世纪德国浪漫派诗人荷尔德林的《人,诗意地栖居》一诗中的诗句:"人充满劳绩,但还诗意地栖居在这片大地上。"后经法国哲学家海德格尔的阐释,广为传播,甚至成为精英知识分子的"口头语",也就成为几乎所有人的共同向往。所谓"栖居",是指人的生存状态,所谓"诗意"是指通过诗歌获得心灵的解放与自由,而"诗意的栖居"就是寻找人的精神家园。正所谓"生活不止眼前的苟且,还有诗和远方的田野。你赤手空拳来到人世间,为找到那片海不顾一切"。程传玺的《教育意象》以诗歌的形式和方式表达他心中对教育的印象、凝聚教学的意象、塑造教师的形象,体现了他对教育事业的热爱、对教师职业的歌颂,正印证了荷尔德林对人生和人生存在状态的向往和期许。程传玺在"充满劳绩"的平凡工作岗位上,不仅能够发现美、体验美、表现美而且是通过

诗歌的节奏和旋律来"解读"这种美,这正是《教育意象》具有的价值和意义。

教育事业——教师职业是平凡而庸常的,也是伟大而崇高的。我们对教育和教师的歌颂与赞美最是"不吝誉词"的,诸如"天底下最光荣的职业""人类灵魂工程师""辛勤的园丁""燃烧的蜡烛"等等,这些"具象化""诗意化"的"溢美之词"已经是满天飞——"至今已觉不新鲜"了。至于歌颂老师的诗篇更是不计其数汗牛充栋。事实上,教育无论是作为一种事业还是作为一种职业,是琐碎的、平凡的,是日复一日的重复,是年复一年的辛劳。教师作为一个平常的社会化的人,同样面临着生存的压力、生活的苦恼。在他们的日常生活中,没有那么多的诗意和美好。如何在这中繁杂而庸常的平淡生活中表达诗意化的人生,这就需要有一双罗丹所说的"发现美的眼睛",更要有表达美的能力——而程传玺独辟蹊径,不叨人牙慧,不重人覆辙。以自己对教育事业的满腔热情,独具慧眼,发现了"教育的意象"和"教育的美感"。他以新颖的比喻和巧妙的结构设置,将教育/教学、教师/学生、教室/课堂、上课/教研等等"司空见惯浑常事",都进行了"诗意化"的表达——从而寻

找到"属于自己的""诗意栖息地"。进而表达为,教育、教学不仅是一种职业的选择,也是一种心灵的旅程。程传玺关于教育的诗歌的"美"表现在如下几个方面:

一、"教育之美"。教育本是一种教授育人的过程,是将前人的知识和经验系统地、客观地教予他人,使受教育者在"润物细无声"的受教育过程中和生活经验中逐步形成自己的知识体系、价值观和人生观。教育,是一种提高人的综合素质的实践活动。所以,美国哲学家、教育家杜威说:"教育即生活",英国的人类学家斯宾塞说:"教育为未来生活之准备。"教育家蔡元培也说"教育是帮助被教育的人给他能发展自己的能力,完成他的人格,于人类文化上能尽一分子的责任,不是把被教育的人造成一种特别器具。"这种表述和表达是一种理性的教育家的阐释。如何将这一理念转换为"诗意的表达"和"具象化"的形象。对于诗歌来说,实属不易。程传玺通过形象化的比喻和对喻体的准确把握,发现并表现了"教育之美"。

在《教育意象》一诗中,把"教育之美"描述地婉转有韵:

教育是十月怀胎的母亲
忍痛聆听舒缓的乐曲

教育是面对嗷嗷待哺的孩子

深情地驻足

教育是母亲饱满的乳房

任孩子自由地吮吸

教育是鲜花盛开,鸟儿呢喃

……

教育是涓涓细流

温润敏感的神经

教育是汹涌的激情

唱大江东去!"

这些"意象"的叠加,按照教育的规律和理念逐层展开,以此构建起诗的内在结构——从"教育"到"父母",从"父母"到"学校",从"学校"到"课堂教学",层层递进,以一连串的博喻讴歌教育的途径、方法、内容以及教育要达到的目的。在《教育比喻》一首小诗中,采用博喻的修辞手段,把基础教育的理念、情怀和追求表现的酣畅淋漓,确有一种波光涟漪、目不暇接的艺术享受——

教育是雪中送炭,点火成金,淬火成钢

教育是解剖麻雀,庖丁解牛,春风化雨

教育是魂牵梦绕的怜子情怀

　　教育是抽丝拨茧地寻找真理
　　教育是引导孩子曲径通幽处的柳暗花明
　　……

　　这种博喻的运用，增加了诗的艺术感染力同时也丰富了诗歌所要表达的内容和主题，在一首小诗中，展现的是"咫尺之内，便觉万里为遥"。这种对"教育"的思考和讴歌，同样体现在《关于教育的遐想》、《教育随想》等诗中。在这组诗中，不仅提出了自己对"教育"的看法，认识到"教育"应该是什么，同时也对"非教育现象"提出了批评。认为"兴趣是最好的教师，有趣是美好的教育"。"教学是一门艺术"，而"绝非——苦口婆心地唠叨，僵硬呆板的表情，干瘪冰凉的思想，瘦弱纤细的道理"。希望能够通过我们的教育"呼唤狼性的教育，血性的教育，激发和点燃，孩子沉睡的天性。刚性、阳光与坚定，强筋健骨，增强民族钙质"。作者期待"使教育回归本真，让每一个孩子自然成长实现独立"。所以，在《教师的诗意栖息》一诗中，他深情地呼唤道：
　　教育不是机床隆隆声中分娩产儿
　　教育是百草园中生命的声律
　　教育是用情做心灵的牧师

教育是师生爱的传递

教育是欢天喜地地收割希望

……

教育是一次看似不经意地抚摸

无须矫饰，无须刻意

大事小事都是盛典

既顺其自然，又精心设计

这就是教育啊，难以描绘的美丽

事实上，我们可以把这一组诗看组整部诗集内容和主题的"总述和红线"。

二、"教师之美"。"教师"这一称呼，是神圣的，也是最为平凡的。他既是一种"社会角色"，也是一种"职业"。按照《中华人民共和国教师法》的定义："广义的教师是泛指传授知识、经验的人，狭义的教师是指受过专门教育和训练的人，并在教育（学校）中担任教育、教学工作的人。履行教育教学的专业人员。承担教书育人，培养社会主义事业建设者和接班人，提高民族素质的使命。"赞美教师的诗歌真是浩如烟海，大多停留在直面的情感表达，歌颂老师的"辛苦工作""无私奉献""自我牺牲"或者就是"燃烧自己，照亮别人"和"桃李满天下"的想象性安慰。

而在程传玺的一系列描写"教师"的诗歌中,歌颂和赞美的对象是他所熟悉和敬重的中小学"老师","他们"既是他的同事朋友更是与他一起奋斗在基础教育第一线的"战友"。有他真实生活的写照,也有他自身的感同身受,更有他内心的期盼和向往,所以这一组诗写的情真意切。在程传玺的诗歌中,"教师"不仅仅只是一种职业诉求,而是在精神世界里具有"贵族气息"的,他们的灵魂是"高贵的"。甚至在《教师是贵族》中,直接说:

因为我们精神的血管里

奔涌着贵族的气息

永永远远

自始至终……

所以在《教师写意》中,他用隽永的诗句写道:

犹如良知之于精神,流泻自然神韵

贵族的雅行,绰约而动人

他笔下的教师是:

匀称的身材亭亭玉立

明眉皓齿

面目红润

……

风度优雅

落落大方

自然得体

待诗书浸润

经岁月磨砺

心有丘壑

散贵族气息

而这种具有"贵族气息"的教师,即使"走出校园,进纷繁世界",也是"昂首挺胸,神采飘逸"。他们是"一个平凡又高贵的队伍,一个伟大的群体"。事实上,这是诗人对"教师"的一种美好期盼,一种理想化的想象,更是对教师应该具有的精神气质的歌颂。在现实生活中,我们的"教师"也许还没有这种精神气质和贵族气息,而这种赞美和期盼正是我们每一个教师应该达到的境界。所以在《师美》中,作者用一连串的具象化的比喻,赞美教师,把教师比作"母亲""父亲""兄长""姐妹",这些比喻还只是停留在"亲人""家人"的层面,显得平庸化和凡俗化,作者笔锋一转,把教师引入到一个更高的"境界",是"圣哲"、是"领袖"、是"仙人";他们"真心实意地示弱",他们"站在风景里思考",他们"独自默默地微笑"。这就把"教

师"的意义从"亲情关爱"的层面升华到"精神引领"的境界。在《美丽的灰烬》一诗中，程传玺也歌颂了教师的"奉献精神"，但他认为这种"燃烧自己，照亮他人"的精神是有条件的，是要接受"道德规约"的：

渴望热烈地燃烧

化为美丽的灰烬

若无道德规约

燃烧也会变得寒冷

我们知道，教育是具有社会性、政治性和时代性的，作为教育的实施者的教师，就不可能不受这"三性"的约束。没有相应的道德制约，一味地"燃烧"，也无法成为"美丽的灰烬"，所以，诗人认为"我是一名教师，一个和上帝有约的人"；教师不仅具有贵族气息，而且具有了"神性"，正如荷尔德林在诗中所说的"如果人生纯属辛劳，/人就会/仰天而问：难道我/所求太多以至无法生存？是的。只要良善/和纯真尚与人心相伴，/他就会欣喜地拿神性/来度测自己。"程传玺所崇尚和所要歌颂的教师的贵族气息和贵族精神不是爆发户精神，而是具有文化教养，能够培育高贵的道德情操与文化精神；具有社会担当能力，严于自律和具有自制力和精神力量的人。事实

上，这就是一种"教书育人"的精神气质和责任。从"教师"到"贵族"再升华到"神性"，这种对教师的赞美和期盼，也许对于程传玺来说不是一种有意的"诗意化"诉求，但在他的诗中已在呈现着这种"诗性"。当今之世，上帝缺席、诸神消褪，而且哲学贫困、世风日下，人文精神坠落。由于各种各样的原因，教师的社会地位不是上升了而是日益下降，教学压力和生活负担使得教师这一职业变得"暧昧"起来、变得疲惫憔悴。在这种背景下，程传玺的诗作歌颂教师的贵族气息和神性，显得弥足珍贵。在《师说》《师魂》《教师的诗意栖息》《教师的高贵》《教师是变形金刚》《可歌可泣的教师一族》《蝶想》等诗中，同样表达了作者对于教师的赞美和歌颂，同时也展示了教师的自身美。

三、"学生之美"。学生是教育的主体也是教育的对象，他们是祖国的花朵也是社会的未来。在程传玺的诗歌中，有一部分歌颂和赞美了"学生之美"，他们的天真活泼、求知向上、成长学习；事实上，学生的世界与成年人的世界构成了二元世界。我们从孩子的心灵世界中能够看到成人世界的缺失，能够看到一个更加纯净美好的天地。所以，作为一名教师或者

基础教育工作者,程传玺更加懂得和把握学生的内心和心灵。在《学生,我的孩子》一诗中,他深情地写道:

学生是上天下凡的精灵

童心能感知他们的心声

……

学生还是一面面镜子

折射教育光芒

辉映华夏

普照众生

学生是"精灵",是"镜子","敢和权威较劲儿",能够"敏学善思,能感知细微天籁"。作者进一步说"孩子都是哲学家":

天上有什么?

云

云后是什么?

星星

星星后是什么?

还是星星

最后的最后是什么?

妈妈回答不上来了,因为"孩子追问"的是"一个个哲学命题,一朵朵思想之花"。所以作者呼吁我

们"保持孩童的心智",因为学生"人人都是哲学家"。(《孩子都是哲学家》)。即便是学生犯了错误,也是"美丽的错误",不仅只是"孩子犯了错误,上帝都会原谅",更重要的是:

童年是个快乐的矿藏

与生俱来的人性闪耀着光芒

孩子是寻宝的天然好手

猎奇,挖掘,摧毁,重塑

望烛流泪,黯然神伤(《美丽的错误》)。

尤其是在《儿童诗》(组诗)中,把童真、童趣、童心表现得情趣盎然。

桌上的小圆镜

偷回颗太阳

我转动着镜子

一会儿,光飞房顶

一会儿,光卧墙上(《偷光》)

在树梢上荡着秋千

不小心

摔掉大片大片的光(《月亮》)

在孩子的眼中,"家"是什么?"家"又在哪里?

水是鱼的家

山是树的家

树是鸟的家

港是船的家

船是人的家

妈是咱的家

这样的诗句如碎琼烂玉，晶莹剔透，读起来诗意郁葱，让我们感受到一个纯净透亮的世界。

正如明代思想家李贽在《童心说》中所说"夫童心者，真心也。若以童心为不可，是以真心为不可也。夫童心者，绝假纯真，最初一念之本心也。若失却童心，便失却真心；失却真心，便失却真人。人而非真，全不复有初矣。"正是因为程传玺具有一颗"童心"，才保持着一颗"真心"，他的有关教育的诗显得"绝假纯真"，读起来令人心有所动。这也是作者难能可贵的地方。

万年春　南阳师范学院教授　青年评论家

附7：

不一样的风景
——再读诗集《教育意象》

史海龙

我没有深入研究过诗人们的内心世界，不知道在一首诗或者一篇文在完美收官的时候诗人处于一个什么样的状态，我只能试着猜想。

比如说程老师，在历经甘苦拾获这熠熠发光的精神贝——《教育意象》的时候，是不是他正在办公室抑或卧室里站着，手夹一支香烟，穿着薄薄的衬衫，背倚着屋内微温的靠椅，透过带窗格的玻璃，目光炯炯，充满思绪地向外凝望，凝望秋天里那悠远半空中枝头如金如火的片片红叶？

那一瞬间里，他的目光是不是越过千里万里丰美的世界，越过几十年教育人生漫长的时间隧道，带着初心回到了童年的故乡和当初的校园？如果是这样，当他用笔在纸上记下那诸多关于教育的意象时，他的姿态应该是恬静的，嘴角的笑容是温情的，心里的渴念是悠远、惆怅而又饱满的。也许他的眼睛里还

有些微的湿润，因为昔日不可重来，记忆只能留存于想象。既然他已经似一粒蒲公英的种子被风吹起，那就注定了他一生的曼妙与飞扬。教育成了他心中无数凝缩的碎片，一点一点，时时浮出，像他手中须臾不离的香烟一样，深吸一口，五脏六腑都被滋润得舒舒服服，而后那烟雾又丝丝缕缕地飘然而去，使他的心脏和躯体逾发地坚硬和顽强。

是的，所有那些我们熟悉的诗人的形象——从插图上看到的，从书页中读到的，从传说中听到的，从经历中碰到的——他们身上都有耐人寻味的故事，程老师也不例外。作为诗人，从胸襟到情怀，从境界到视野，他特立独行，洞若观火，灵魂里的顽强和执着经常裸露着，当然也能让你触摸到骨子里柔软的那一部分。

只有细读《教育意象》里关于教育、关于生命、关于亲情的文字，熟悉他的学生，他的老师，他的朋友，他的学友，他的读者，都会久久浸润在他所营造的情趣盎然的流年岁月里。读着读着，我们会不知不觉欣悦地想到，他的心是温情和善良的，他的梦是柔软和童真的，他的人是率性和真诚的。

这样，我们可以闭上眼睛，仔细想一想，程老

师笔下千姿百态、千娇百媚、摇曳生姿的"意象"了。在我们的眼前,"感时花溅泪"的校园里有他;"桃李春风一杯酒"的讲堂里有他;"此情可待成追忆"的异乡里有他;"白发愁看泪眼枯"老家里有他;"仰天大笑出门去"的寒舍里有他;"衣带渐宽终不悔"的书屋里有他。那里有少年的稚嫩,那里有青年的张狂,那里有中年的沉稳,那里有老年的平和,那里有生命的四季,那里有灵魂的另一面。那种用心、用情、用意、用趣、用味浸润出来的柔软和温情,他把它留在了纸上,留在了自己的文字和心里。读"童年是个快乐的矿藏",你会感觉到这就是心中富足的磁场,让人温暖的殿堂,清俊安逸和春光无限的教育意象。即便在"青年是个燃烧的季节"之时,也掩不住处子一样明媚的笑靥。这样的"老年是人生最后的牧场"和"从容面对如血残阳",能够消融一切坚冰,自觉不自觉让人情意缱绻,醉眼朦胧,意气浩荡。

他的理想,他的心志、他的性格、他的做人做事的原则,无一不契合一个朴素教育人的本质。锐气藏于胸,和气浮于面,才气见于事,义气施于人,纷纷扬扬地挥洒,咄咄逼人地闪烁。以"教育是汹涌的激情,唱大江东去"的铿锵气势,扑向教育遐想中的

温暖世界,塑造出一个洁净和纯美的辉煌。

有时我们不得不承认生活表面是平淡无奇的,就像那日出日落,时光流逝,任凭季候轮回,日子依然亘古不息,天荒地老。然而有一天,平凡的日子遇到了一位多情的诗人,普通而单调的时光就变得神采飞扬,变得情真意切,变得深邃沉静了。程老师就是这样一位能手。我发现,他往往在平淡中遇见不同,在琐碎中洞悉真谛。无论讲话,还是作文,他都能出其不意地,以爱为原料,以情为酵母,在心的酒窖中立马就能酿出一坛好酒。刚一开封,那芬芳就扑面而来,一下子醉倒了我们苍白而干枯的生命,沉淀出生活醇香而诱人的味道。

"意"在心中,"象"才能现于眼前。有一首关于佛的诗中写道:"身是菩提树,心如明镜台。时时勤拂拭,勿使惹尘埃。"如果我们的心镜上落满了尘埃,如何能反照出缤纷的世界;如果我们睁不开心灵的眼睛,如何能尽览多彩的人生。我们一旦拥有了对生活满腔的热爱,就能在风光旖旎、山峦险峻的地方,看到山势的奇伟,触摸到流水的冷热,嗅到野花的芬芳,同时能过滤、沉淀出人生的质地,透视出人生的真谛。再读《教育意象》,我们还会发现,当情感的

干柴燃烧以后，会留下理性的炭火，盛放在思想的炉膛里，温暖着我们苍凉的生命，守望着我们精神的家园。这一切都在传递着这样的信息：生活不是一首抒情诗，痛苦的阴云会时时笼罩在生命的天空。当然坚韧的生命面对此会这样说：痛苦是深沉的土地，它孕育着生命，感染着灵魂；在痛苦里，我们认识了这纷繁的世界，在痛苦中，我们更能感受到这个世界的美丽。

轻轻地再次打开程老师的《教育意象》，我知道，一个人愿意静下心坐下来，看那秋天的风景，那么他的心中一定会烟柳蒙蒙。看风景是看真情的滚滚奔腾，是看年华的流水淙淙，是看灵魂的冉冉升腾。合上《教育意象》，我忽然想到，在这个脚步急躁而匆忙的城市里，还有谁能摒弃尘世的杂念，深情投入地去追寻生命中的教育梦？其实，我们无须等待四季的轮回，只需要你带着真诚、乐观的背囊和一双清纯的眼睛，随时可以搭车到心海去看风景：那里有春天的花，那里有夏天的风，那里有秋天的果，那里有冬天的冰……

    史海龙　邓州市首届名师、河南省第五届名师，《邓州师训》报编辑

附8：

守望教育的哲人
—— 读《教育意象》有感

惠学渊

一部《教育意象》，再次让我们把目光聚焦程传玺老师。大家的深情推介，编辑的图文并茂，意象的风起云涌、叠叠不绝，使人捧起书就不忍释卷，直至一鼓作气，读完为快！

诚如靳玉乐教授所言，这本书展示的是"一个教师的诗人情结，一个诗人的教育情怀"。但我细读全书之后，更深刻地感受到的，是一个哲学家的情结和情怀！不是吗？哲学家必须是善于思考的，并且在对事物的思考和对真理的追求中，崇尚和践行理性主义。校园、课堂、教师、学生、朋友、家庭，一棵树、一朵花、一首歌、一本书，甚至一杯茶、一盘棋，所有作者生命中的际遇，都是他审视和思考的对象。尤为难能可贵的是，作者对所接触到的事物，从来都不是走马观花，而是都作为有价值的载体予以对待。经他审视和思考之后，每每必有文字佳酿，而又不失哲

思梵意。对书籍,他喻之为"金钥匙"和"清洁剂",形象而又富于启发;对含有溺爱的教育,他近乎疾呼"让生命按自己的形态生吧",朴素而真诚;对于孩子们的娘娘腔,他建议"狼性的教育,血性的教育",可谓一语中的;看到向日葵,他感受到"乐观的种子"拼命的状态;看到玉,他不仅写出玉的精灵和高贵,还要进一步体会玉的瑕疵之美;看到象棋,他感受的是黑红双方"不停演绎着美好的折磨"(有人在论及哲学家时就认为,哲学家的历史是人类最厉害的天才们自我折磨的历史)……所有这些,看似感性洋溢,其实何尝不闪耀着理性的光芒?可以想象,既如作者文学功底深厚,但要每思必有结晶,还要以最美的文学样式表达出来,作者一定会有杜甫老先生"语不惊人死不休"的那股韧劲,一定会有"池边树"下,"月下门"边的那些字斟句酌,一定会有多少次的蹙眉和屏息,一定会有多少次的天马行空和海底遨游。于一般人这或许是一种刻意,于作者却已成为一种习惯。

善思,益莫大焉!

哲学家必须是情感最活跃而又中和的。单是看看作者所涉猎对象之广泛,就足以感受其情感的活跃程度了。既如同一个对象,作者的情感,也是跳跃般

地以不同的角度和深度去加以理解和阐释。如对"教育"一词，接连迸发出"教育的意象，教育比喻和教育的恐惧"；对教师这一角色，分别以"教师梦，教师写意，教师素描，师美，师说，师魂，教师的诗意栖息，教师的高贵"等不同形式，多维度地予以呈现。没有思接千载、地连八荒的宏大思考，不可能如此文思泉涌，也不可能如此异彩纷呈。而不管作者思想的触角伸向哪里，最终让我们感受到的，没有丝毫的虚妄和狂放，满满的是对人、对事、对物的崇敬和神交，满满的是小心翼翼的谦恭和虚心，同时又不乏道家的超然和洒脱！哲学家必须是人格健全，心灵完美的。对教育和教师的解读，对花草树木的感知，对儿时青春，对朋友和家庭的追忆，对戏曲歌曲的钟情，作者时时处处都在接受艺术的熏陶和心灵的洗涤。自己也习惯于时时处处体验美，展示美。写人性的光辉，写生命的美丽，写父辈的教诲，写子辈的希冀，即使有如"村校之忧"，也不只是"空悲切"，而是回应时代之问，给出自己的答案——需要行政智慧，心与心的交换。最让人为之动容的，莫过于作者动情地泪眼模糊于"公园里，那棵香樟"，以及穿越时空对话于"未来的孙子"！作者的心灵世界，是多么博大，多么清

澈啊!由此,我感受到的程老师,已不是原来那个严肃有加、发号施令的行政长官,而是一位行吟在穰原大地上有着悲天悯人情怀的歌者,是一位守望在邓州教育上有着洞若观火功力的哲人!

　　惠学渊　南阳师院数学系毕业,邓州市构林镇数学教师。近10年来,任小学校长

作者肖像(王雷 绘)